JN103142
瀬戸夏樹
ILLUSTRATION ふーろ
S級鑑定士は
最強のギルドを創る
5

CONTENTS

「はい。あーん」
リリアンヌ
ロラン
「リリィ。大丈夫だよ。体は動くし。
そこまで気を遣わなくても」

カルラはそのままエリオの背中を踏み台にして、
もう一度飛び『回天剣舞』を浴びせる。
一瞬で『火竜（ファフニール）』の頭部から首にかけて無数の切り傷が付けられた。
『火竜（ファフニール）』は数箇所から血を吹き出して、地上に墜ちる。

カルラ

追放されたS級鑑定士は最強のギルドを創る 5

瀬戸夏樹

イラスト／ふーろ

情報戦

作業台の上に載せられた鎧(よろい)を前にして、『竜の熾火(おきび)』に所属するカルテットの4人、ラウル、エドガー、リゼッタ、シャルルは難しい顔をしていた。

この鎧は、とある小売店から取り寄せられたものだ。

『精霊(せいれい)の工廠(こうしょう)』の紋章が刻まれている。

「これが『精霊(せいれい)の工廠(こうしょう)』のAクラス錬金術師アイナ・バークの作製した鎧か」

「一見、何の変哲もない鎧だが……。おい、鑑定してみろ」

「はい」

『竜の熾火』所属の鑑定士が鎧を『アイテム鑑定』する。

【鎧のステータス】
威力：70
耐久：70
重さ：50
特殊効果：『柔軟性(フレキシビリティ)』

「ふむ。威力70、耐久70ですね」

「Bクラス装備ってとこか」

「この厚みと重さでBクラス？　せいぜいCクラスとしか思えないけどな」

シャルルが疑問を呈した。

「ごちゃごちゃ言ってても始まんねえ。こうすりゃ一発で分かるだろ」

エドガーがハンマーを振りかぶって打ち付ける。

しかし、鎧は傷一つ付かない。

むしろエドガーは反動に思わず顔をしかめた。

「……っ痛(て)え」

他の3人も驚いた顔をする。

「バカな。このハンマーは威力70はあるはず。この程度の鎧に傷一つ付けられないなんて……」

「リゼッタ。お前の『火槍(ジャベリン)』で攻撃してみろ」

「はい」

リゼッタが『火槍(ジャベリン)』を手に持って構える。

『火槍(ジャベリン)』はその刃先に宿った精霊の力で鉄をも溶かすことができる槍(やり)だ。

どれだけ威力・耐久の高い鎧であっても、刃を通すことができるはず。

リゼッタが煌々と赤色に光る刃先で鎧を突くと、鎧の表面はジュッと音を立てて溶け始める。

しかし、内側からドロッとした緑色の液体が溢れ出てきた。

「なんだこれ？」

「これは……塗料？」

「ふむ。仕組みは分からないが、どうやらこの塗料がステータスを底上げする秘密のようだな。おそらくユニークスキルか」

ラウルはそう分析する。

「Cクラスの軽さでBクラスのステータス。見たことありませんわ、こんな装備……」

「そういうスキルを見つけられるのが、S級鑑定士の力ってことだ」

ラウルが言った。

「しかもこれは市販用に流通されているもの。『精霊の工廠』とパートナーシップを結んでいる冒険者向けとなれば、もっと性能が高いかもしれませんね」

「『白狼』の奴らによると、『精霊の工廠』同盟に参加していた冒険者は、全員青い鎧を身に付けていたそうだぜ」

「要するにだ。アイナ・バークの鎧を破壊するには少なくともAクラス相当の威力か、あるいは特殊攻撃が必要だということだ。リゼッタ、今回はお前が『精霊の工廠』潰しを主導しろ」

「はい」

「な、ちょっと待てよ。Aクラスの装備なら俺も作れるぜ」

エドガーが異議を唱えた。

「さっきの実験を見ただろ。この鎧には通常攻撃よりも、熱で溶かすことのできるリゼッタの『火槍』の方が有効だ。今回は大人しく譲っとけ」

「くっ」

エドガーは不満気な顔をしつつも反論できずに口をつぐむ。

そうしていると、入口のドアが開いてギルド長のメデスが入ってきた。

「よう。お前たち、ちゃんとやっておるか？」

カルテットの4人は冷ややかな目でメデスのことを見た。

彼らは『精霊の工廠』との交渉に失敗し、結局『炎を弾く鉱石』を調達できなかったメデスのことを足手纏いとみなしていた。

すでに4人で口裏を合わせて、今回の作戦にはなに一つメデスに口を挟ませないと決めたところだ。

「『精霊の工廠』潰しの方はどうなっておる？　ちゃんと進んでおるんだろうな？　いい

か。あの調子に乗った若造にしっかり目に物を見せてやるんだぞ。ん？　なんだお前達その目は？　なにか文句でもあるのか？　おい、なぜ返事をしない。おい、みんなどこに行く？　待たんか。なぜ無視をする？　なんとか言え、お前達！」


海を渡るカモメが波止場に降りてくる。

ロランはモニカを見送りに港まで来ていた。

彼女の休暇はもうすぐ終わる。

そのため、今日中に船に乗って『冒険者の街』へ帰らなければならない。

「それじゃあ、ロランさん」

「うん。元気でね」

「次はいつ会えるでしょうか？」

モニカが寂しそうに言った。

「分からない。ここでの仕事は少しばかり骨が折れそうだから。『冒険者の街』に帰れるのはもう少し先になると思う」

「……そうですよね」

「元気でね。君も『冒険者の街』でしっかりやるんだよ。腕を鈍らせないように」

「はい」

2人は抱擁した。

そうこうしているうちに船が港に滑り込んでくる。

モニカはすでに乗船手続きを済ませているのであとは船に乗るだけだった。

船に乗ると、甲板から顔を出し、ロランに向かって手を振った。

ロランも離れて行く船に向かって手を振り続ける。

やがて、船は水平線の向こうへと姿を消した。

「……さて」

感傷に浸っていられる時間はあまりない。

ロランは新しい戦いの準備に向けて街へと戻った。

翌日、モニカがAクラスモンスターを討伐したということがクエスト受付所にて正式に発表された。

街の人々はいつも通り、島の外から来たAクラス冒険者に救ってもらおうと彼女の姿を探し求めたが、彼女がすでに街を去ったことが知れ渡るとガックリと肩を落とすのであった。

モニカと別れた後、ロランは地元零細ギルドである『暁の盾』のリーダー、レオンとの打ち合わせに向かった。

酒場に着くと、すでに盃を傾けているレオンが手を振ってくる。

「先日の『炎を弾く鉱石』獲得クエストでは世話になったな。恩にきるぜ」

「上手くやれて良かったよ。それで、その後みんなの様子はどう？」

「ああ、おかげさまで助かったよ。『精霊の工廠』同盟に参加したギルドの連中はみんな潤って、仕事を続けられそうだ。中にはスキルアップしている連中もいたし」

「そうか。それは良かった」

「しかし、たまげたぜ。まさかお前に部隊の指揮経験があったとはな」

「はは。まだまださ」

「ま、何にしても頼りになる。これからもよろしく頼むぜ」

「それはそうと……」

ロランはさっと周囲を見回した後で切り出した。

「『霰の騎士』がこの島に来たそうだね」

「ああ、それも第一部隊。どいつもこいつも北国仕込みの益荒男どもさ。中でもセンドリックという男はAクラス冒険者だ。個人レベルの実力では、この島に敵う奴はいないだろう。早速、島の連中は『霰の騎士』と同盟を組もうと躍起になって売込みをかけている」

「それで？　『暁の盾』としてはどうするつもりだい？」

「無論、『精霊の工廠』のクエストを優先するぜ。お前のことだ。次のことも考えてるんだろ？」

「ああ、もちろんさ」

「やっぱりな。それで？　今後、『精霊の工廠』としてはどうするつもりだ？」

「『霰の騎士』と正面から戦う」

「なっ……」

「って言ったらどうする？」

ロランはニヤリと不敵に笑った。

「……って冗談かよ。滅多なこと言うんじゃねえよ。ったく……」

レオンは辺りに『霰の騎士』の冒険者がいないかどうか、慌てて確認した後、ホッとして酒に口を付ける。

「はは。まあ、全然、冗談じゃないけどね」

「ぶっ。ゴホゴホ」

レオンは思わず噎せてしまった。

「レオン、大丈夫かい？」

「大丈夫って……。それを聞きたいのはこっちだよ。お前こそ正気か？　『霞の騎士』と正面からぶつかろうだなんて」

「無論、正気さ。僕は全然『霞の騎士』と対抗できると思ってるよ。君達と組めばね」

（こいつ……、この自信は一体どこから……）

「それで？　君達としてはどうなんだい？　『霞の騎士』と直接対決する気があるのかどうか……」

「いや、その、なんというか、いくらなんでもまだ時期尚早かな、と俺は思うぜ？」

「ふむ。そうか……」

その後、ロランは『天馬の矢』にも同じ質問をしてみたが、返って来た答えは似たようなものだった。

そして、そもそも『精霊の工廠』同盟に参加したほとんどのギルドが、『霞の騎士』の同盟に参加したがっているようで、前回のような大規模な部隊を編成するのは不可能であることが分かった。

彼らは『精霊の工廠』の装備に一応の信頼は置いたものの、まだまだ島の外から来る冒険者と組んだ方がメリットが高いと考えているようだった。

『精霊の工廠』とパートナーシップを結んだのも『鉱石の守人』、『銀鷲同盟』、『山猫』の3ギルドに止まった。

島の冒険者達の外部への依存心がまだまだ強いと感じたロランは、リリアンヌやランジュに書簡を送って援助を要請することにした。

一方でロラン自身は、一旦『精霊の工廠』に戻って、情報を整理する。

ロランの頭の中には、先日訪れてきたメデスの姿があった。

彼の来訪が、『炎を弾く鉱石』の買取りを目的としたものだとしたら……。

『竜の熾火』は今、彼の思った以上に『炎を弾く鉱石』不足に困っているのかもしれない。

相手がどの程度困っているのか知りたかった。

そこでロランは『竜の熾火』にカマをかけてみることにした。

この島の鉱石卸売商人ディランに、『炎を弾く鉱石』をエサに情報を奪取してくるよう依頼する。

ディランは夜の酒場で悄然としている『竜の熾火』の鉱石調達担当者を見つけて話しかけ、以下のように持ちかけた。

「『炎を弾く鉱石』の在庫を大量に抱えてしまった業者がいてな。売り手が見つからなくて困っているんだ。買い取ってくれるギルドを探しているんだが……」

するとその担当者はあっさり食いついてきた。

「なに!?　本当か？　それは渡りに船だ。ちょうどウチは『炎を弾く鉱石』が足りなくて困っていたところなんだ。ぜひウチで買い取ろう」

そうして価格や数量について駆け引きしながら、探りを入れているうちに相手の必要な数量や相手の保有している数量についてまでかなり正確に知ることができた。

次の日、鉱石を買い取れると期待に胸膨らませながらやってきたその担当者に、ディランは申し訳なさそうな顔をして以下のように言うのであった。

「件の『炎を弾く鉱石』についてなんだが……、すまない。業者の方で先に買い手を見つけてしまったようでな。もう1つも残っていないとのことだ。申し訳ないがあの話はなかったことにしてくれ」

担当者は肩を落として帰っていくのであった。

これらの調査報告を受けたロランは、情勢と彼我戦力差を考えた上で今後取るべき方策について固めていく。

(『霰の騎士』とは競合しない。そうなれば、敵は『竜の熾火』のカルテットだけだ)

ロランは『精霊の工廠』のメンバーにカルテットを撃ち破る装備を開発するよう命じた。

『黒弓』VS『青鎧（リフレクト・アーマー）』

カルテットを迎え撃つ装備！

ロランの命を受けた『精霊（せいれい）の工廠（こうしょう）』の面々は、早速スキルアップと装備強化に取り組んでいった。

『精霊（せいれい）の工廠（こうしょう）』支部のAクラス錬金術師にしてユニークスキル『外装強化（コーティング）』の使い手であるアイナは、ロランの言葉を思い出しながら鉄を打っていた。

「裾野の森……ですか？」

「そうだ」

ロランはボードに『火山のダンジョン』の簡単な図を描いた。

火山の頂上付近に当たる『不毛地帯』、中腹に当たる『メタル・ライン』、そして裾野の森。

「『炎を弾く鉱石（ファイアレスト）』もなしに『火竜（ファフニール）』飛び交うダンジョンの奥深くを戦場にしてくるとは思えない。『火竜（ファフニール）』の『火の息（ブレス）』に消耗しながら、他ギルドと戦うなんてのは自殺行為だからね。となれば、おそらく仕掛けてくるのは裾野の森だ。そこで『竜の熾火』子飼いの冒険者ギルドを迎え撃つことになるだろう。だからみんなには森での戦闘に適した対地・

「対人専用の装備を開発して欲しいんだ」

「森での戦闘に適した装備……ですか」

「うん。とはいえやることは今までとそう変わらないよ。アイナの『外装強化(コーティング)』された鎧(よろい)で敵の攻撃を凌(しの)ぎ切るのが基本戦術だ。ウェインとパトはユニークスキルの強化。リーナは『鉱石精錬』と『廃品再生(リサイクル)』で全員の生産をサポートすること」

(カルテットからの攻撃……、『黒弓』、『火槍(ジャベリン)』、『竜頭の籠手(ドラグーン)』を凌ぎ切るとなれば、中途半端な防御力では足りない。となると、アレやってみるか?)

アイナは以前から構想していた新製品の開発に着手してみることにした。

それは『外装強化(コーティング)』の二枚重ね。

彼女は早速、ロランに相談した上で、Aクラス設計者のロディと打ち合わせしながら、『外装強化(コーティング)』の二枚重ねに最適な鎧の形を様々試していった。


次の月になった。

地殻変動(『巨大な火竜(グラン・ファフニール)』の起こしたものではない、定期的なもの)が起こり、ダンジョンの形が変わると共に、再びたくさんの『炎を弾く鉱石(ファイアレスト)』が地表に表出する。

火山の中腹は紅(あか)くキラキラとした輝きに纏(まと)われた。

それを見て『霰の騎士』は動き出す。

彼らは『竜の熾火』から鉱石不足を告げられ、『炎を弾く鉱石』を自力で調達することにしたのだ。

「まったくなんてギルドだ。２週間も待たせたあげく装備の素材を自分達で調達して来いだと？　我々は待った分、装備の預け代と宿代も支払わなければならないというのに！」

「世界一の錬金術ギルドが聞いて呆れますな」

「ともあれ文句を言ったところで始まらん。これ以上、ダンジョン探索を延期するわけにもいくまい。『炎を弾く鉱石』なしでダンジョンに入るのは不安があるが、やむを得ん。これより『霰の騎士』第一部隊は、『火山のダンジョン』探索を敢行する。隊員の招集と同盟ギルドへの通達は万事抜かりなく済んでおるだろうな？」

センドリック達は待たされた分、情報収集には力を入れていた。

彼らは前回『火山のダンジョン』に挑戦した『三日月の騎士』が、３回に分けてダンジョン攻略にトライしたことを聞きつけたので、それに倣うことにした。

１度目の探索で鉱石を手に入れ、２度目の探索で『巨大な火竜』を狩り、３度目は予備とする。

『三日月の騎士』はなぜか３度目の探索を敢行せず帰ったようで、そこが腑に落ちなかったが……。

『霞の騎士』同盟が動くのに合わせて、ロラン達も動き出した。

『霞の騎士』の動向はディランの情報収集を通じて『精霊(せいれい)の工廠(こうしょう)』に筒抜けだった。

ロラン達は『霞の騎士』がダンジョンに入るその日にピタリと合わせて、ダンジョンへ突入することにした。

　地元ギルドのほとんどは『霞の騎士』に流れてしまったため、前回ほど大規模な同盟を組むことはできなかったが、『暁の盾』や『天馬の矢』、魔導師兄妹、吟遊詩人のニコラといったお馴染(なじ)みのメンバーに加え、『鉱石の守人』、『銀鷲同盟』、『山猫』などの地元ギルドが引き続き参加してくれた。

　ロランは彼らのスキル・ステータスの向上に合わせ新しい装備を支給した上で、対カルテット用に開発した装備も併せて配布した。

『火山のダンジョン』には、大きく分けて2つのルートが存在する。

　1つは『火口への道(クレーター・ルート)』、もう1つは『湖への道(レイク・ルート)』。

　2つのルートは、入口と終着点（『巨大な火竜(グラン・ファフニール)』のいる火口）は同じだが、終着点までの道のりはかなり隔たりがあった。

『火口への道(クレーター・ルート)』は、『メタル・ライン』の中でも最も大規模な鉱石採掘場が集中するルートで、島の外から来た大手ギルドの冒険者達は必ずといって良いほどこのルートを通っていた。

一方で『湖への道』は、小～中規模程度の鉱石採掘場が集中するルートで、距離の割に採れる鉱石の数は比較的乏しいため、大手ギルドや大同盟を組むギルドからすれば割に合わず、地元の中小零細ギルドが狙う採掘場が集中していた。

2つのルートを結ぶ道もあるにはあるが、そこを通ろうものなら大幅な迂回とタイムロスを余儀なくされてしまう。

今回、『霰の騎士』は『火口への道』を通ることが分かっていたので、ロラン達は競合を避けて『湖への道』を探索することにした。

『白狼』の面々はその様を苦々しげに見ていた。

「チッ。あいつら『霰の騎士』のダンジョン探索にきっちり合わせてきたぜ」

ロドはイライラしながら言った。

「やはり、知恵の回る奴が仕切っているようだな」

ザインも渋い顔をする。

ジャミルも歯噛みした。

(どうにか『精霊の工廠』を叩きたいところだが……、こちらにも部隊を2つに分けている余裕はない。『精霊の工廠』と『霰の騎士』なら、断然『霰の騎士』を襲った方が戦果

が大きい）

「お前ら。今回、『精霊の工廠』はスルーだ。ここは『霰の騎士』の撃破を優先するぞ」

「ジャミル。いいのかよ。やられっぱなしで」

「借りはいずれ返す。今は『霰の騎士』に集中しろ」

「くっ」

ロドは悔しそうに『精霊の工廠』がダンジョンへと入って行くのを見守る。

ジャミルはチラリと『精霊の工廠』の後ろに控えている集団に目をやった。

『霰の騎士』同盟にも、『精霊の工廠』同盟にも参加していない集団。

『竜の熾火』お抱えのギルド『竜騎士の庵』だった。

（エドガーによると、カルテットも『精霊の工廠』潰しに動いている。ここはカルテットの働きに期待するとしよう）


『精霊の工廠』対策はリゼッタを主軸とする。

カルテットの間でそう決められたにもかかわらず、エドガーは手柄を横取りするべく、こっそりと独自に動き、『精霊の工廠』対策を進めていた。

今、彼はロラン達がダンジョンに入ろうとするところを、『竜の熾火』子飼いの冒険者ギルド『竜騎士の庵』と共に見ているところである。

（やはり『霰の騎士』のダンジョン探索に合わせてきたか。へっ。お前らのやることなんてお見通しなんだよ）

「よし。例のモノを」

エドガーは子分に持ち運んでこさせた装備、ロラン達の側からは見えないよう布と人集(ひとだか)りで隠していた装備を『竜騎士の庵』の冒険者達に晒(さら)した。

「凄(すご)いね。まさか、あの短期間で用意できるとは」

同伴しているシャルルは半ば呆れながらエドガーの十八番(おはこ)装備『黒弓』をしげしげと眺める。

「当然だろ。リゼッタの奴に手柄を取らせてたまるかよ」

シャルルはため息をついた。

（まさしく体力オバケだな。『霰の騎士』と『白狼』の依頼をこなしながら、『精霊(せいれい)の工廠(こうしょう)』対策まで進めるなんて）

シャルルはエドガーのこういう行動力と筋力にはいつも感心させられていた。

そうしてその都度、彼を敵に回すべきではない、と心に刻むのであった。

「ようし。首尾は上々だな。フロイド」

エドガーが呼ぶと、『竜騎士の庵』のBクラス弓使い(アーチャー)フロイドが前に進み出る。

「これが『精霊(せいれい)の工廠(こうしょう)』対策に使う弓矢だ」

「はぁ……」

フロイドは気乗りしない様子で『黒弓』を眺める。

（カルテットの1人、エドガー・ローグの装備『黒弓』。確かに強力な装備だけど……）

「ん、しょっ」

フロイドは顔をしかめながら、弓矢を持ち上げる。

「重いですね」

【『黒弓』のステータス】
威力：100
耐久：100
重さ：100

【フロイドのステータス】
腕力(パワー)：50－60
俊敏(アジリティ)：70－80

「少しくらい我慢しろ」

「しかし、これでは運用しづらいですよ」

「そこはお前らでどうにか工夫するんだよ。いいか。とにかく鎧をぶち抜くために、矢を当てるんだ。当てられさえすりゃあ、Bクラスの鎧くらい必ずぶち抜ける」

「はぁ」

（アイナ・バーク。一体どんなユニークスキル持ちか知らねえが、これ以上は好きにさせねえぜ）

「おい。敵の中に例のAクラス弓使い（アーチャー）はいるか？」

「いや、見当たらない。モニカ・ヴェルマーレがこの島を出て行ったというのは本当のようだね」

「そうか。よーしよしよし。情報は正しかったようだな。それなら十分勝機はあるぜ」

（モニカ・ヴェルマーレがいなければ、冒険者の質はほぼ互角。となれば、勝負を決めるのは装備の質だ。これまではつい舐（な）めてかかっちまったが、俺の本気装備ならどこの馬の骨とも分からない錬金術師の装備に負けはしないぜ）

「『精霊（せいれい）の工廠（こうしょう）』同盟がダンジョンに入り終わりました」

「ようし。急いで追いかけて、潰せ。裾野の森にいるうちに勝負を決めろよ」

『竜騎士の庵』は気乗りしない様子でダンジョンに入っていった。

彼らはこの任務に嫌気がさしていた。

すでに何度も戦って負けている上に『霞の騎士』同盟にも参加できない。

とはいえ、彼らは装備のローン代を『竜の熾火(おきび)』に握られているため、逆らうわけにもいかなかった。


ロラン達はダンジョンに入るや否やダッシュした。

カルテットが仕掛けてくると読んでのことだ。

(今、『竜の熾火』には『炎を弾く鉱石(ファイアレスト)』がない。仕掛けてくるとしたら、『火竜(ファフニール)』のあまり現れないこの裾野の森だ。この森さえ抜ければ一先(ひとま)ず追いかけてくる敵を撒(ま)ける)

ロラン達はモンスターに遭遇してもなるべく戦闘を避けるようにした。

威嚇して追い払ったり、逆に逃げたりして、ダンジョンを進んだ(どうしても戦闘が避けられない場合は、エリオの『盾突撃』で敵を昏倒(こんとう)させその隙に逃げた)。

森を走り続けて数十分もした頃、殿(しんがり)を務めていたジェフが異変に気づき声を張り上げる。

「敵が来たぞ！　『竜騎士の庵』だ」

「編成は？」

「盾使い10人、剣士5人、治癒師(ヒーラー)2人、弓使い(アーチャー)3人。弓使い(アーチャー)の1人は『黒弓』を持ち運んでるぜ」

「？　『火槍(ジャベリン)』や『竜頭の籠手(ドラグーン)』は？」

「……いや、今のところ見えないな」

ロランは首を傾(かし)げた。

（てっきりカルテットの総力を挙げて叩き潰しに来るかと思ったが……。まあ、いい。舐めてくれるなら好都合だ）

ロランがそんなことを考えていると風切り音とともに矢が飛んできた。

矢はロランのすぐ側(そば)の大木に命中する。

木の幹は、その太さの半分以上を抉(えぐ)られて、真ん中からポッキリと折れてしまう。

「なっ、なんだ？」

「『黒弓』だ！」

部隊に動揺が走った。

ジェフも青ざめる。

（マジかよ。木の幹を抉りやがった。こんなもん弓矢の威力じゃねーだろ）

「みんな落ち着け。闇雲に射(う)ってきただけだ。当たることはない。このまま、走り続けて、敵のステータスを消耗させるぞ」

ロランがそう言って落ち着けたので、部隊はどうにか動揺を抑えて行軍を続けることができた。

(確かに大した威力だ。でも、これは……)

ロランは敵の射撃にどこか違和感を感じながらダンジョンを進んでゆく。


『竜騎士の庵』の冒険者達は、『精霊の工廠』同盟に追いつくべく必死に走っていた。

だが、走れども走れども敵の背中は見えてこない。

「くそっ。まだ敵に追いつけないのか」

(威嚇射撃も効果なし……か)

フロイドは一向にペースを落とさないロラン達を見て歯噛みする。

ロランの読み通り、先程の一撃は闇雲に放っただけのものだった。

あわよくば敵に動揺を引き起こして、戦闘に誘い込もうという魂胆だった。

(それにしてもこの弓重てえな。どうにかなんねえのかよ)

フロイドは肩に負担を感じながら、どうにか森を進んでいく。

「このままでは敵は森を抜けてしまうぞ」

「落ち着け。この先には『大鬼』が大勢出る場所がある。そこでは流石にモンスターにぶつかってペースを落とさざるをえまい」

その男の言う通り、ロラン達は『大鬼』の大勢いるエリアに差し掛かったため、行軍速度を落とした。

流石にこのエリアを、敵に追われながら駆け抜けるのは危険なので、陣を敷いて迎え撃つことにした。

やがてこちらに向かってくる敵の姿が見え始め、射撃戦へと突入する。

敵を射程距離に捉えたフロイドは、『黒弓』を放った。

「喰らえ！」

『黒弓』から放たれた矢は、相変わらず大きな風切り音を発しながら、しかし狙った敵の右斜め上に大きく外れて彼方へと飛んで行く。

（くっ……。当たらない）

一方でハンス、アリス、クレア、ジェフの放つ矢はまだ距離が遠いにもかかわらず、フロイドの方に向かって正確に飛んでくる。

「う……わっ」

フロイドは慌てて、盾持ちとスイッチした。

盾持ちは矢玉にさらされ、ステータスと装備の耐久を削られる。

（くっそ。敵の射撃正確だな。こっちはこの重てー弓矢を放つのが精一杯だってのに）

ロランは後方からフロイドのステータスを鑑定した。

【フロイドのステータス】
命中率：40（↓40）
（命中率が著しく低下している。走り続けて消耗しているのもあるだろうが、それだけでは説明がつかない。おそらくは……）

【『黒弓』のステータス】
威力：100
耐久：100
重さ：100
適応率：40パーセント
（やはり、適応率が非常に低い。ただでさえ重い装備を持たせられた上にこの長距離の行軍。これでステータスを維持しろという方が無理な話だ。運用を無視してとにかくスペックの高い武器を装備させたってところか。脳筋（エドガー）の考えそうなことだ）

早くも機能不全に陥っているにもかかわらず、『竜騎士の庵（いおり）』は『黒弓』の一撃に賭けることにした。

とにかく敵に『黒弓』を一撃当てるのだ。

後のことは分からないが、それでも何かが起こるはず。

そう信じて盾隊で列を組み、矢を浴びながら前進して、命中率の下がった弓使い（アーチャー）でも矢を当てられる距離まで詰め寄ろうとする。

やがて彼らは多少命中率が低くても『黒弓』が当たる距離まで近づいた。

ロラン達の方でもにわかに緊張が高まる。

盾使いを犠牲にし、距離を詰めて『黒弓』を当てようとする作戦だと見抜いたロランは、反撃の準備をすることにした。

「エリオ」

「なんだい？」

「あの木（ロランのいる位置からおよそ50メートル）、敵があの木の地点まで詰めてきたらジェフとスイッチして『黒弓』に向かって『盾突撃』。いけるかい？」

エリオはロランの言う通り、敵が近づいてきたところでジェフの肩を叩(たた)いた。

「ジェフ。スイッチだ」

「!? 分かった」

2人は流れるようにスイッチして、位置を交代させる。

フロイドが前に出るのも同時だった。

エリオはフロイドに向かって『盾突撃』する。

「自分から近寄ってくるとはバカめ。飛んで火に入る夏の虫だぜ!」

フロイドはエリオに向かって矢を放った。

その場にいる誰もが、彼の放った矢がエリオの盾と鎧(よろい)を貫くと予想した。

しかし、それに反して、矢は青鎧(リフレクト・アーマー)に傷を付けられないばかりか、『反射(リフレクト)』効果により跳ね返される。

「何!?」

跳ね返った矢は真(ま)っ直(す)ぐ、フロイドの肩当てに直撃し、彼の肩を貫き、刺さる。

「ぐっ……は」

フロイドは後ろに仰(の)け反(ぞ)って、そのまま倒れた。

『竜騎士の庵』に動揺が走る。

【エリオの鎧】
威力：140（『外装強化』により↑40）
耐久：100
重さ：80
特殊効果：『反射』、『柔軟性』
適応率：90パーセント

（『外装強化』二枚重ねにして、威力140越えの盾鎧！　アイナの青鎧は、完全にエドガーの『黒弓』を凌駕した）

「うおおおおお！」

エリオはそのまま『盾突撃』し、敵の戦列を崩して行く。

すぐに後ろからエリオに続いて盾持ちと剣士達が詰め寄って、浮き足立った『竜騎士の庵』を散々に打ち負かしていった。

『火槍(ジャベリン)』の攻略

『竜騎士の庵』との戦いを終えたロラン達は、装備の損耗具合を点検していた。

ロランは装備の点検をしているエリオに声をかけた。

「エリオ、お疲れ」

「ロラン」

「さっきの『盾突撃』見事だったよ。装備に違和感はないかい？　『黒弓』をモロに受けたように見えたが……」

「うん。凄(すご)いよこの装備、まるでビクともしない」

「そのようだね。アイナは上手(うま)くやってくれたようだ」

エリオの鎧には『外装強化(コーティング)』が二枚重ねされていた。

鎧の外側には青い『外装強化(コーティング)』、内部には緑の『外装強化(コーティング)』。

（威力(防御力)140の鎧。これならもはや並の物理攻撃では傷一つ付けられないな。……っと）


【エリオの鎧】

威力(防御力)：140

耐久：90（↓10）

（耐久の数値が10ポイント下がっている。流石に無傷では済まなかったか。『アースクラフト』があるから多少の消耗なら回復できるが……）

「ジェフ。ちょっといいかい？」

ジェフがやって来る。

「エリオの鎧、流石に損耗が激しい。来たるカルテットとの戦いに備えてエリオの鎧を温存しておく必要がある」

「『竜騎士の庵』はもう撃退しただろ？　それにもうすぐ森を抜けるぜ」

「確かにもうすぐ森を抜けるが、帰りにもこの森を通り抜けることになる。それに倒したのは、エドガー・ローグの『黒弓』だけだ」

「帰りには『火槍（ジャベリン）』と『竜頭の籠手（ドラグーン）』が来るってことか」

「そういうこと。そこでジェフ、行きはエリオなしで『火竜（ファフニール）』と戦うんだ」

「エリオなしで？」

「ああ、すでに君の『弓射撃』はBクラス。ハンス達と同様ヒット＆アウェイの戦法をとることができるはずだ」

「……分かった。やってみるよ」

「というわけだ。エリオ。ここから君は温存。必要以上の戦闘は避けるようにしてくれ」

「うん。分かった」

　こうして、ロラン達はダンジョン探索を再開した。

　Ｂクラスの弓使いや魔導師を複数名抱え高度な連携を取る部隊は、森を抜けた後も襲い来る『火竜』をものともせず凄まじい速さでダンジョンを進み、瞬く間に鉱石採掘場へとたどり着くのであった。


『竜の熾火』では、エドガーが非難されていた。

抜け駆けした上に『精霊の工廠』に返り討ちにされたことがバレたのだ。

「エドガー、テメェ。どういうことだ！」

ラウルは怒り心頭、エドガーに食ってかかった。

胸ぐらを摑み、顔を突き合わせ、凄んでみせる。

「事前にリゼッタを主軸にするって取り決めたはずだろうが！　なに、勝手なことしてやがる！」

「いや、違うんだよ。『竜騎士の庵』の奴らがどうしても作って欲しいって言うからよ。仕方なく……」

「ああ!?」

「まあ、でもこれで私達のやるべきことがハッキリしましたわね」

　リゼッタが言った。

　カルテットは全員リゼッタの方を見る。

「鉱石集めから帰ってきて、疲弊した『精霊の工廠（せいれいのこうしょう）』同盟を森で待ち構え、討ち取る。それでよくて？」

「チッ。まあ、いいだろ」

　ラウルはエドガーを手放した。

「ここはリゼッタの案を採用する。エドガー、お前はリゼッタのサポートだ。それ以外余計なことは一切すんなよ。それで今回のことは不問にしてやる。いいな？」

「……ふー、ああ、分かったよ」

「シャルル。お前は鉱石の買い占めだ。特に『火槍（ジャベリン）』の弱点『銀砕石』が『精霊の工廠（せいれいのこうしょう）』に行かないよう手を打っておけ」

「了解」

「これでいいな、リゼッタ？」

「ええ、ありがとうございます」

（アイナさん。あのBクラスの剣を作るのがやっとというところから、まさかここまで登りつめてくるなんて。きっと血の滲(にじ)むような努力をされたのでしょうね。でも、私(わたくし)負けませんよ？）

早速、リゼッタは動き出した。

事を進めるにあたって、まずは実際に戦った『竜騎士の庵』に聴取する。

「『黒弓』を至近距離で直撃させたんだ。でも、跳ね返された」

「跳ね返された？」

「ああ、青鎧(リフレクト・アーマー)に当たった矢がそのまんまこっちに返って来たんだよ」

「……」

（物理攻撃を跳ね返す防具。エドガーの『黒弓』でも傷一つ付けられないとなると、ほとんどあらゆる物理攻撃は無効化される、と考えて良さそうですわね。やはり、私(わたくし)の『火槍(ジャベリン)』で仕留めるしかないか）

「それはそうとしてフロイドさん。敵は『銀砕石』でできた装備を持っていませんでしたか？」

「『銀砕石』？　いや、それらしい装備は見当たらなかったな」

リゼッタはホッとした。

（とはいえ、まだ隠している可能性はあります。一応対策は打っておきましょう）

「エドガー。ここは念のため、『火槍(ジャベリン)』と通常装備半々の割合でいこうと思います。私(わたくし)は『火槍(ジャベリン)』の製造にあたりますので、あなたは残り半分の製造を」

「へいへい」

エドガーは苦々しい気分で返事した。

（くそっ。リゼッタのやつ人を顎で使いやがって。とはいえ、失敗した後のこのタイミングで独断専行に走るのはマズイ。シャルルとも別々に離されて動き辛(づら)いし。このままこいつが手柄を立てるのを黙って見ているしかないのかよ）

リゼッタは『火槍(ジャベリン)』を製造すると、あらかじめ声をかけていたギルド『翼竜(よくりゅう)の灯火(ともしび)』に支給した。

「ふっ。ようやく我々にも『火槍(ジャベリン)』を使わせてくれる気になったか、リゼッタ嬢」

『翼竜の灯火』のリーダーにして、槍使い(ランサー)のアイク・ベルフォードは、『火槍(ジャベリン)』を受け取りながら誇らしげに言った。


【アイク・ベルフォードのスキル】

『槍術(そうじゅつ)』：B

（アイク・ベルフォード。この島で槍(やり)を扱わせれば右に出るものはいない槍使い(ランサー)。こんな形で役に立つとは思わなかったけど、手塩にかけて育ててきた甲斐(かい)があったわ）

アイクと『翼竜の灯火』はリゼッタにとっての上顧客だった。

　初めてリゼッタが彼の槍を作った時から、アイクは常にリゼッタを指名し続けた。

「しかし、一体どういう風の吹き回しだい、リゼッタ嬢？　これまで門外不出だった『火槍(ジャベリン)』を僕達に使わせてくれるだなんて」

「ちょっと生意気な錬金術ギルドが出て来てね。困ってるの」

「『精霊の工廠(せいれいのこうしょう)』だね？　噂(うわさ)は聞き及んでいるよ。錬金術ギルドでありながら、冒険者同盟を主導し、街が鉱石不足に喘(あえ)いでいるのを逆手に取って、まんまと『炎を弾く鉱石(ファイアレスト)』の独占に成功した。なかなかの食わせ物じゃないか」

「そうそう。その『精霊の工廠(せいれいのこうしょう)』。ただでさえ食わせ物だっていうのに、エドガーが大失態を犯しちゃってね。私がその尻拭いしなくちゃいけなくなったというわけ」

（くっ、このアマ調子に乗りやがって）

　隣で聞いていたエドガーは、拳をワナワナと震わせた。

「なるほど。そのような事情があって我々に『火槍(ジャベリン)』を使わせる気になったというわけか。まあ、よかろう。『竜の熾火』に仇(あだ)なすその不届き者共に、このアイク・ベルフォードが正義の鉄槌(てっつい)を下してしんぜよう。全ては麗しの錬金術師リゼッタ嬢、あなたの栄光のために」

　アイクは恭しく跪きながらリゼッタの手の甲に口付けした。

　リゼッタも満更でもなさそうにする。

「まあ、ありがとう。期待してるわね」

「ああ。任せてくれ」

（ケッ。なーにが麗しの錬金術師だよ）

　エドガーは面白くなさそうにソッポを向くのであった。

　こうして装備を受け取ったアイクは、10名に通常装備を、残りの10名に『火槍』を身に付けさせて、帰ってくるロラン達を待ち伏せするべくダンジョンに潜った。

　裾野の森で『湖への道』に連なる道の前に陣を張り、盗賊と弓使いを付近に放って索敵に当たらせる。

　また、来たる戦闘に備え、周囲のモンスターを狩り尽くしておいた。


　ロラン達は首尾よく鉱石を採掘し、周囲を警戒しながら帰り道を戻っていた。

　ニコラの『竜音』のおかげで、ダンジョン探索はかつてないほど快適に行われた。

　ロランは弓使い４人と盗賊４人に四方を索敵させながらなるべく消耗の少ない道を選び、

進んで行く。

（索敵できる弓使いが4人いると助かるな。モニカの『鷹の目』とほとんど同じ視野を確保できる）

そうして部隊を進めていると、前方を哨戒していたクレアが、気絶した男を背負いながら戻ってきた。

「クレア？　その人は……？」

「ギルド『翼竜の灯火』の者です。『翼竜の灯火』は『竜の熾火』と結び付きの強いギルド。周囲を警戒しながら探っている様子だったので、『竜の熾火』からの刺客ではないかと思い、戦闘して捕獲しました」

（やはり、待ち伏せしていたか）

「よし。前方に盗賊と弓使いを集中。敵の偵察を排除・捕獲しつつ、本隊の居場所を突き止めるぞ」

すぐにハンス、アリス、クレア、ジェフ、セシルと『山猫』の盗賊3人が前方をくまなく探して、『翼竜の灯火』の偵察部隊を警戒しながら、敵の本隊の位置を特定する。

一方で、アイクの方も偵察に放った弓使いがいつまでも戻って来ないのに気づいて、その方向に『精霊の工廠』同盟がいることを察知した。

アイクは索敵をやめ、迎撃の準備をする。

「来ました。『翼竜の灯火』です！　『火槍（ジャベリン）』を持っている戦士（ウォーリアー）が約10名います！」

クレアが言った。

「『黒弓』と『竜頭の籠手（ドラグーン）』、ほかに特殊装備を持っている者は？」

「……いえ、見当たりません。他の10名は通常装備です」

（今度は『火槍（ジャベリン）』だけか。舐（な）めてるのか、それともカルテット同士で余程仲が悪いのか？

まあ、いい。まずは『火槍（ジャベリン）』を破ることからだ）

「よし。林の中に退却。敵を誘い込むぞ」

ロラン達は木々や茂みの乱立する場所に逃げ込んで敵を待ち構える。

アイク達は『火槍（ジャベリン）』を持つ戦士（ウォーリアー）5名を先行させ、自分は通常装備の者と一緒にその後を追いかけた。

アイクの目にも青鎧（リフレクト・アーマー）を身に付けた戦士（ウォーリアー）が、雑木林の中に逃げ込む姿が見えた。

（あれが『黒弓』を破ったという青鎧（リフレクト・アーマー）か。しかし、鉄をも溶かす『火槍（ジャベリン）』の前では裸も同然！）

『火槍（ジャベリン）』さえ敵に当てれば倒せる。

そう楽観的に考えていたリゼッタは、森の中での戦闘を想定して、装備の長さを調節するのを忘れていた（というか、そもそもそういう視点に欠けていた）。

『火槍（ジャベリン）』は通常、『火竜（ファフニール）』を撃墜することを想定した対空装備。

そのためその全長は冒険者の身長の2倍近い長さとなっている。

飛空する竜の鱗（うろこ）をも溶かして、一撃で沈めることのできる『火槍（ジャベリン）』だったが、木々の密生する空間では、槍が木の枝や幹に引っかかって、素早く自由に動くことができなかった。

そのため、ロラン達（たち）はヒット&アウェイ戦法に慣れた『天馬の矢』の庇護（ひご）の下、悠々と退却することができた。

『翼竜の灯火』側も弓使い（アーチャー）で応戦しようとしたが、そこは『精霊（せいれい）の工廠（こうしょう）』側の方がはるかに練度もスキルも高く、狙い撃つことすらままならず逆に迎撃された。

身軽なアリスは、木の上をヒョイヒョイと乗り移りながら敵を射撃していった。

「ええい。何をしている。槍が長過ぎて引っかかるなら短く持て。木々が邪魔なら切り拓（ひら）け」

アイクがそう言ったため、『翼竜の灯火』の槍使い達（ランサー）は、槍の全長の半分のところを手に持ち、木々を切り倒しながら進んだ。

高熱を発する『火槍（ジャベリン）』の切っ先に斬りつけられた木は特に力を入れなくてもあっさりと焼き切れる。

そうして進む槍使い（ランサー）達だが、今度は足下に痛みを感じる。

「ぐっ、これは……撒菱（まきびし）!?」


【セシルのスキル】

『罠（わな）設置』：C→A

（私は戦闘ではあまり役に立っていないんだから、こういう時くらいは役に立たないとね）

（盗賊（シーフ）のスキルの1つ『罠設置』。罠設置に関して、セシルはAクラスのポテンシャルを秘めている。ずっと育てたいと思ってたスキルだが、ようやく実戦で使える時が来たな）

『翼竜の灯火』の槍使い（ランサー）達は、ハンス達の『弓射撃』とセシル達の『罠設置』に難渋したが、それでもどうにか接近戦に持ち込む。

『翼竜の灯火』の槍使い（ランサー）いはレオンを見てほくそ笑んだ。

彼の持つ剣は、『火槍（ジャベリン）』の3分の1程度の長さのため、半分の長さでも十分間合いの上では有利なように見える。

「もらった！」

レオンの方に踏み込む槍使い（ランサー）だったが、彼の槍の切っ先がレオンの鎧（よろい）に触れるよりも、レオンの剣が彼の肩に刺さる方が先だった。

「ぐあ、なぜ？」

槍使い（ランサー）は突然伸びたレオンの間合いに混乱する。

レオンの剣は『折りたたみ剣』だった。

手元のスイッチ一つで槍と同じ長さまで伸びる。

伸縮自在のため、森の中でも動きが鈍ることはない。

通常ならこのような仕掛けの剣は脆（もろ）く壊れやすいが、継ぎ目の部分が『外装強化（コーティング）』の『柔軟性（フレキシビリティ）』効果で補強されることで強度を保っていた。

槍使い（ランサー）がその場に崩折れるのを見たレオンは、深追いせずその場から逃れる。

他の槍使い（ランサー）達も足下では撒菱に足を取られ、前方からは弓使い（アーチャー）の『弓射撃』と盗賊（シーフ）の短剣（ダガー）に晒（さら）され、散々ステータスを削られて、それ以上動けなくなった。

（とりあえず『火槍（ジャベリン）』持ちが5人戦闘不能。あと5人か）

ロランは槍使い（ランサー）達のステータスを鑑定しながら戦況を分析する。

「チィッ。ダメか。退（ひ）け」

雑木林での戦闘が不利と判断したアイクは、動けなくなった槍使い（ランサー）達を抱えて開けた場所まで退却した。

そうして、自分達からは戦いを仕掛けずロラン達が仕掛けて来るのを待った。

ロランは弓使い(アーチャー)に命じて、『弓射撃』で敵を挑発させたが、彼らは頑として動かない。

しかし、こちらへの監視は怠らず、林から出てくればすぐに攻撃できるよう準備している。

ジリジリと睨(にら)み合う時間が過ぎた。

このままではいたずらにポーションを消費するばかりでロラン達の方が先にジリ貧に陥る可能性が高かった。

逃げることも考えたが、モニカの『鷹の目(ホークアイ)』なしに、これ以上森の奥深くに入って部隊行動するのは危険だった。

まだ『翼竜の灯火(ともしび)』側に『竜頭の籠手(ドラグーン)』部隊の援軍が来る可能性も潰(つい)えていない。

これ以上雑木林に誘い込むことも、持久戦をすることもできないと悟ったロランは、打って出ることにした。

セシルに撒菱を回収させ(スキル『罠設置』は罠の素早い解除もそのスキルの範疇(はんちゅう)に含む)、雑木林の外に出て隊列を整える。

アイクの方も迎え撃つ。

「ようやく出てきたか。手こずらせやがって!」

『翼竜の灯火』は通常装備の戦士（ウォーリアー）達を前に出して、自分含め残った槍使い（ランサー）を後ろに配置した。

通常装備の戦士（ウォーリアー）を犠牲にして、槍使い（ランサー）で決戦を仕掛ける作戦だった。

ロラン達は弓使い（アーチャー）の『弓射撃』で敵の盾持ちを排除し、背後から槍使い（ランサー）が躍り出てきたタイミングでこちらも盾使いと剣士を繰り出すことにした。

『翼竜の灯火』は『弓射撃』で盾持ちを潰されながらも、なんとか敵の前衛を『火槍（ジャベリン）』の間合いに捉える。

「もらった！」

レオンを間合いに捉えたアイクは、『火槍（ジャベリン）』を突き出す。

レオンは『火槍（ジャベリン）』を盾で受け止める。

「ムダだ！　『火槍（ジャベリン）』は、鋼をも溶かす灼熱（しゃくねつ）の槍（やり）！　その程度の盾で防げると思うなよ」

アイクの『火槍（ジャベリン）』は、レオンの盾を溶かし、貫く。

ケーキに刺さるナイフのように、いとも容易（たやす）く『火槍（ジャベリン）』の刃が盾を破るとともに、盾の内側から緑色の液体がブシャッと漏れ出す。

しかし、途中で槍の柄の先端に重みが加わって動かなくなる。

（なんだ!?）

レオンの構えていた盾は、その内部に『外装強化（コーティング）』をかけられた緑の塗料が充満しており、『火槍（ジャベリン）』の高熱によって塗料が融解するとともにひしゃげて、槍に纏（まと）わり付き、重しとなる仕組みになっていた。

どれだけ防具を厚くしても『火槍（ジャベリン）』を防ぎ切るのは不可能と判断したアイナは、火槍（ジャベリン）を受け流すことにしたのだ。

（なんだ？　破壊した敵の盾が俺の槍に纏わり付いて、重っ……）

アイクが自分の装備に起こった異変に戸惑っているうちに、レオンは距離を詰めて剣の間合いに持ち込むと、ニッと笑みを浮かべた。

「悪いなアイク。俺達には精霊の加護がついてるんでね」

レオンが斬りつけると、アイクの纏っていた薄い防具は大破し、アイクの耐久力（タフネス）及び全ステータスは根こそぎ奪われ、アイクは戦闘不能に陥る。

（バカな。カルテットの最強装備が……いとも簡単に……）

その後、アイク以外の『翼竜の灯火』構成員も『精霊（せいれい）の工廠（こうしょう）』の新装備『絡みつく盾（フレキシブル・シールド）』によって制圧される。

ロラン達は『翼竜の灯火』の隊員を捕虜にして街へと帰還した。

身代金がわりに彼らの装備を取り上げた上で、アイク達を解放する。

離島の魔導師

アイナは気を揉(も)みながらロラン達が帰ってくるのを待っていた。

ロラン達は無事だろうか？

自分の作った装備はカルテットの装備に対して通用しているのだろうか？

それだけに工房(アトリエ)の入口から声が聞こえた時は、矢も楯(たて)もたまらずロランの下に駆けつけた。

「ロランさん！」

「アイナ？」

「よかった無事で。探索はどうでした？　私の装備、ちゃんと機能していました？」

ロランはそれには答えず後ろにいるレオンの方に目をやる。

「レオン。例のもの見せてやりなよ」

そう言うとレオンは鹵獲(ろかく)した『火槍(ジャベリン)』を掲げ見せた。

『火槍(ジャベリン)』には、『絡みつく盾(フレキシブル・シールド)』が取り付いている。

それを見て、アイナはパァッと顔を明るくした。

「さ、積もる話は中でしよう。みんな疲れてる。冒険者の皆さんの装備預かってあげて」

「はい」

「どうぞ。『竜茶』でございまーす」

サキが『工房（アトリエ）』にいるロランとアイナに『竜茶』を振舞ってくれる。

冒険者達の装備を預かって、ようやく一息ついたところだ。

「ありがとう。サキ」

「ダンジョン探索おつかれさまでした。ごゆっくりなさってくださいねー」

サキはウィンクしてそれだけ言うと、下がっていった。

気立てのいい娘であった。

「それで、どうでした？」

「ああ、カルテットの装備のうち、『黒弓』と『火槍（ジャベリン）』は君の装備で倒すことができた」

「物理攻撃と特殊近接攻撃は倒せたということですね。となると残りは……」

「ああ、特殊遠隔攻撃、『竜頭の籠手（ドラグーン）』。これさえ凌（しの）げばカルテットは攻略できる！」

　リゼッタは一日千秋の思いで、アイク達が『精霊（せいれい）の工廠（こうしょう）』から鉱石を奪って帰ってくるのを待っていた。

それだけに彼らが鉱石どころか、身に付けていた装備まで身ぐるみ剝がされて帰ってきたのを見た時は動揺も一入だった。

「アイク……。あなたその姿、一体どうして……」

「面目ないリゼッタ嬢。敵に敗北するばかりか、せっかく頂いた『火槍』まで奪われてしまった」

「教えてちょうだい。一体どうしてそんなことになったの？」

「その……森の中でうまく『火槍』が使えなかったというのもあるが、敵の使う盾、『精霊の工廠』の盾が少し奇妙で……、『火槍』が封じられてしまい……」

「まさか……『火槍』が負けたっていうの？　『精霊の工廠』の装備に？」

「う……、その……、面目ない」

（マズい。マズいわ）

リゼッタはロランとの約束を思い出して青ざめる。

──もし、あなた方が一度でも私の作る装備を上回るものを作ることができたら、私あなたのギルドに移籍して構いませんよ──

（たとえ口約束とはいえ、あんな約束を……）

「はあーあ。やっぱりな。だから言ったんだよ俺は。リゼッタにはまだ荷が重いって」

エドガーが訳知り顔で言った。

「エドガー。あなたなに他人事（ひとごと）のように言ってるの？　あなただって『翼竜の灯火』の装備を作ってたでしょう。無責任なこと言わないで！」

「なっ、俺のせいにする気かよ。主導してたのはお前だろ？　お前こそ人に責任をなすりつけんなよ」

ガァンと部屋の奥で鉄を叩（たた）く音がした。

リゼッタはビクッと体を震わせる。

「ったく、揃（そろ）いも揃って使えねえ奴（やつ）らだな」

ラウルはそう言いながら、室内の一同を見回した。

全員気まずそうに顔を背ける。

「もういい。『精霊（せいれい）の工廠（こうしょう）』は俺がやる」

（『精霊（せいれい）の工廠（こうしょう）』とS級鑑定士ロラン。どうやら只者（ただもの）じゃねーようだな。少しばかりナメていたぜ。ここからは俺が相手になってやる。Sクラス錬金術師のこの俺が！）

『炎を弾く鉱石（ファイアレスト）』なしでダンジョンに潜った『霰（あられ）の騎士』は、『火竜（ファフニール）』の『火の息（ブレス）』と

『白狼（はくろう）』による攻撃に晒（さら）され、這々（ほうほう）の体で帰ってきた。

身に付けている装備は至る所ボロボロで、センドリックの立派に生え揃っていた白い口（くち）髭（ひげ）も焼け焦げて半分になっていた。

戦果乏しくして意気消沈する『霰の騎士』のメンバーであったが、さらに追い討ちをかけるように『魔導院の守護者』以来、島では恒例の同盟ギルドによる分け前請求に悩まされることになる。

センドリックは同盟ギルドからの要望に応えるため、再度ダンジョンにトライせざるを得ないのであった。

『霰の騎士』は所持していた北国産の毛皮や象牙を質に入れて資金を工面し、『竜の熾火（おきび）』に装備の整備と製造を依頼した。

「センドリック隊長。本当にまたダンジョンに潜るのですか？」

「当然だ。このまま引き下がれるか！」

「しかし、島の冒険者達（たち）はどうも役立たずです。要求ばかり立派で、いざ戦闘になると腰抜けのお荷物ばかり。先の探索では我々が彼らの尻拭いをする場面があまりにも多すぎました。『竜の熾火』の動向も気がかりです。どうも彼らは信用できません」

「なにを！　彼らは今回こそきっちり『火弾の盾』を用意してくれたではないか。『炎を弾く鉱石（ファイアレスト）』さえあれば、『火竜（ファフニール）』や盗賊（シーフ）共など恐るるに足りん！」

「しかし、おかしいと思いませんか？　以前は街のどこを探しても『炎を弾く鉱石』はないと言っていたのに、彼らは今回一体どこから鉱石を手に入れたのでしょう？　盗賊が我々から奪った鉱石を使っているとしか……」

「ええい、そのようなこと詮索していてもキリがない。とにかく装備は万全に整った。かくなる上は敵を倒し、ダンジョンを攻略して、名誉を持ち帰るのみ！　さあ、行くぞ。『火竜』を撃ち落とし、卑劣な盗賊共に目に物を見せてやるのだ！」

『白狼』のジャミル達は、『霰の騎士』とその同盟ギルドがダンジョン前で準備しているのを見守っていた。

そして、その後ろで準備している『精霊の工廠』同盟を苦々しげに見た。

カルテットと戦ったはずの彼らは、どう見ても健在だし、むしろ以前よりその兵装は充実しているように思えた。

「チッ。あいつらまた『霰の騎士』の動きにピタリと合わせてきたぜ」

ロドが言った。

「徹底してやがるな」

ザインが言った。

「なあ、ジャミル。いいのかよ？　あいつら野放しにしてて。あいつらドンドン調子に乗ってるぜ。このままじゃヤバイって」

「カルテットの奴らも大したことねーな。デカイ口叩いてる割には」

「あいつらダンジョン内戦闘のこと何にも分かってないんだよ。装備を作るばっかりでさ」

「そうだな。ここいらでいっちょ叩いといた方が賢明なんじゃないか？」

「今回も標的は『霰の騎士』だ」

「ジャミル!?　うっ……」

ロドとザインはジャミルの凄(すご)みに思わず黙りこんでしまう。

「まずは『霰の騎士』を徹底的に叩き潰す。二度と立ち上がれないようになるまでな」

（カルテットでも『精霊(せいれい)の工廠(こうしょう)』を止められない。単純な装備の質だけでは仕留められないというわけか。ロランって奴は相当の手練(てだ)れのようだな。それだけに潰す時は細心の注意を払って、念入りにする必要がある。ん？）

ジャミルが『精霊(せいれい)の工廠(こうしょう)』の方を見ていると、その後ろにまた別の一団が現れるのが見えた。

（あれは……ラウル・バートレー？）

ラウルは寄せ集めのＣクラス冒険者達に加えて、見慣れぬ一団を引き連れて、ダンジョンの前に来ていた。

その中には年老いた魔導師の姿も見える。

「ホホ。まさかこの歳(とし)でまたダンジョンに入ることになるとはの」

「お手を煩わせて申し訳ない老師」

ラウルはいつにない慇懃(いんぎん)さでその老人に接する。

「聞いておるぞ。島にできた新しい錬金術ギルドが、『竜の熾火』の牙城を脅かしておるらしいの」

「ええ。そこで今一度あなたの力をお借りしたい。魔導師アルゼアよ」

魔導師アルゼアはこの島の冒険者としては異例の魔導師として名を上げた冒険者だった。

ラウルにとって飛躍のきっかけを与えてくれた冒険者でもある。

アルゼアの注文に応え続けた結果、ラウルのユニークスキル『魔法細工』はＳクラスになったのだ。

今は離れの小島にて半分隠居する形で、弟子達に魔法を教えている。

今回はわざわざ離島から『火竜の島(ファフニール)』本土にやってきてもらったのだ。

「まさか新興錬金術ギルドを倒すためにワシとお主が動かねばならんとはの」

「ええ、お恥ずかしい限りです」

「カルテットの他の奴らは何をやっておるんじゃ？」

「彼らも頑張ってはいるのですが、まだ若輩ゆえの甘いところがあるようでして」

「ふむ。まあ、よかろう。ここはこの老骨がその思い上がった若造の鼻っ柱をへし折ってやるとするかの」

「ありがたい。恩に着ます」

「それで？　装備の方は万全なんじゃろうな？」

「はい。お前達例の物を」

ラウルは下級職員達に持ってきた荷物を開けるよう命じた。

箱の中からは複雑な意匠の施された鎧（よろい）や剣が現れた。

ラウルのスキル『魔法細工』の施された装備である。

『魔法細工』には魔法スキルの効力を高める効果がある。

『竜頭の籠手（ドラグーン）』には、爆炎魔法を収束させて威力と貫通力を高める効果があり、『魔法細工』の意匠で拵（こしら）えられた剣と鎧には『攻撃付与』や『防御付与』の効力を高める効果がある。

「ふむ。腕は衰えておらんようじゃの」

「この鎧と剣は冒険者に合わせてCクラスの重さにしているが、あんたの支援魔法をかければ、『魔法細工』の効果と合わせてAクラスの攻撃力・防御力にもなる。青鎧とも渡り合えるはずだ」

「青鎧？」

「そうか。まだあんたには言ってなかったな。『精霊の工廠』のAクラス錬金術師アイナ・バークが製作している装備に青鎧ってのがあってな。どうも鎧に特殊な塗装をすることで防御力を底上げするユニークスキルのようなんだ」

「ほう。そんな芸当ができる奴がお主以外にいるとはの」

「エドガーの黒弓もこの青鎧にまんまとやられちまった。なんでも物理攻撃が跳ね返されちまったらしい。他にも伸縮自在の剣や壊れて槍に取り付く盾といった報告もある。とにかく奇妙な装備を使ってくるんだ」

「なるほど。そりゃ厄介じゃの。とはいえ……」

アルゼアは不敵に笑った。

「お主の『竜頭の籠手』の敵ではない。そうじゃろう？」

「ああ。その通りだ。すでに青鎧の下位バージョン緑鎧で試してみたが、『竜頭の籠手』の火力で塗料を剥がすことができたし、装備者へ直接ダメージを与えることもできた。青鎧に対しても同じ効果が見込めるはずだ」

「うむ。よかろう。では、そろそろ行くかの。アラム、リアム」

アルゼアが呼ぶと瓜二つ(うりふた)の2人の魔導師が前に出てくる。

どうやら双子の兄弟のようだった。

「そのお2人は？」

「こやつらはアラムとリアム。ワシの一番弟子じゃ。攻撃魔導師としてもすでにBクラス。お主の『竜頭の籠手(ドラグーン)』を身に付ければ、Aクラスの攻撃魔導師となるじゃろう」

「そいつは心強い」

【アルゼアのスキル】

『攻撃付与』：B

『防御付与』：B

【アラムのスキル】

『爆炎魔法』：B

【リアムのスキル】

『爆炎魔法』：B

（Bクラスの支援魔導師1人とBクラスの攻撃魔導師が2人。俺のスキル『魔法細工』の効力と合わせればAクラス魔導師3人分に匹敵する戦力。いくらロランといえど、これだけの火力を前にしては手も足も出まい！）

ラウルは離島から来たこの3人の魔導師の他に、2人のCクラス攻撃魔導師（ラウルの装備によって実質Bクラス攻撃魔導師）にも参加を呼びかけていた。

『竜頭の籠手（ドラグーン）』が使えるということで2人とも喜んで呼びかけに応じた。

これによりAクラスの攻撃魔法2枚とBクラスの攻撃魔法2枚、そしてさらにAクラスの支援魔法により実質Aクラスの攻撃力・防御力を持つ戦士（ウォーリアー）10人の、重装備・重火力の部隊となった。

アイナの『外装強化（コーティング）』で保護された部隊とはいえ、まともにぶつかり合えばひとたまりもないだろう。

こうして戦いは始まった。

ロラン達はダンジョンに入ると、やはりすぐさまダッシュした。

アルゼア達は追いかける。

「くそっ。なかなか敵の背中が見えてこない。あいつらなんてペースで行軍するんだ」

アラムが言った。

「このままだと体力を消耗してしまいますよ。お師匠様」

リアムが言った。

「慌てるでない。もうすぐ森の奥じゃ。『大鬼』クラスのモンスターが複数出てくる。そうなれば奴らとてペースを緩めざるをえんじゃろう」

そうして行軍していると、前方を行く戦士が大声をあげた。

「あイッタァ！」

「!?　どうした？」

アルゼアが見ると声をあげた戦士は片足を持ち上げて顔をしかめている。

「足の裏に……何かが……」

「これは！　撒菱です」

「なぬ？　撒菱じゃと？」


【セシルのスキル】

『罠設置』：Ｂ（↑１）

（セシルのスキル『罠設置』がＢクラスになった。ますます素早く的確な場所に罠を仕掛

けられるようになって、行軍中にも罠を仕掛けることが可能になった。これで追いかけてくる敵のスピードを緩めることができる)

「なぁ、ロラン！」

ロランがセシルの『罠設置』する様子を見ながら行軍していると、ジェフが話しかけてきた。

「なんだい、ジェフ？」

「さっき、セシルが罠を撒いたところ、敵を『弓射撃』できるちょうどいいポジションがあったと思うんだ」

「ふむ」

「ハンス達と一緒にヒット&アウェイ、仕掛けてきてもいいか？」

「……そうだね。やってみるのも面白いか。エリオ、レオン」

「なんだ？」

エリオとレオンが振り向く。

「ジェフと『天馬の矢』がしばらく離れることになる。弓使いの援護なしでしばらく行けるかい？」

「おお。問題ないぜ。前方は俺達だけでやってみるよ」

「よし。ジェフ。行ってきていいよ。ただし、1時間後には戻ること」

「よっしゃ。ハンス、ちょっといいか？」
ハンスと打ち合わせするジェフを見ながら、ロランは確かな手応えを感じていた。
（ジェフ。自信が付いたのか、自分から提案してくるようになったな）

【ジェフのスキル】
『弓射撃』：B→B
『遠視』：B→B
『抜き足（サイレントラン）』：B→A
『速射』：C→B
『連射』：C→B
『一撃必殺』：C→B

（『抜き足（サイレントラン）』以外、弓使い（アーチャー）系のスキルはいずれもBクラス止まり。よく言えばオールラウンダー、悪く言えば器用貧乏。だが……）

【ジェフのステータス】
戦術眼：60－80→110－120

（戦術眼のステータスがSクラス相当。戦術の幅が広がって、自主性も出て来た。強くなるための基盤が着々とできつつある。これなら今まで以上に成長を加速させていくことができる！）


「あイッタァ」

アルゼア達はまた罠に嵌(はま)っていた。

「ええい。また撒菱(まきびし)か」

「一旦止まれ。他にもあるはずだ。探すぞ」

部隊の前を歩く者達が腰を屈(かが)めて、茂みや草むらに隠された罠を探す。

矢が飛んできたのは、その時だった。

「ぐあああ」

「なんだ!?」

「敵襲だ！」

「ええい。『竜頭の籠手(ドラグーン)』で応戦せい」

「!!　『竜頭の籠手（ドラグーン）』来ます」

クレアが注意を促すように言った。

「よし。逃げろ！」

ジェフが言った。

ジェフ、ハンス、クレア、アリスの４人は林の中に逃げ込む。

『竜頭の籠手（ドラグーン）』が辺りの木を２、３本吹き飛ばしたが、その時には弓使い（アーチャー）達は立ち去った後であった。

「くそっ、逃げられたか」

「すばしっこい奴らだぜ」

「負傷者の回復急げ！」

アラムとリアム兄弟は『弓射撃』で負傷した戦士（ウォーリアー）が回復するまで苛立（いらだ）ちながら待たねばならなかった。

その間、当然ながら部隊の行軍は停止しなければならない。

「マズイですよお師匠様」

「このままでは『精霊（せいれい）の工廠（こうしょう）』同盟を見失ってしまいます」

「弟子達よ。慌てるでない。先はまだ長いのじゃ」

「しかし、このままでは奴らは森を抜けてしまいます」

「抜けさせればよい。勝負は『メタル・ライン』に辿（たど）り着いた時じゃ」

アルゼア達は、『魔法細工』の施された装備を身に付けているだけでなく、『炎を弾く鉱石（ファイアレスト）』のふんだんに使われた『火弾の盾』も装備していた（『炎を弾く鉱石（ファイアレスト）』は『白狼（はくろう）』の持ち帰ってきたもの）。

（『炎を弾く鉱石（ファイアレスト）』があれば、『火竜（ファフニール）』飛び交う『メタル・ライン』でも消耗することなく探索できる。森を抜ければ、『罠設置』も物陰に隠れての『弓射撃』も難しくなる。『メタル・ライン』に入ってからが勝負じゃ。なあに、会戦に持ち込みさえすればこっちのもんじゃよ。こっちには『竜頭の籠手（ドラグーン）』があるからの）

アルゼアはその落ち窪（くぼ）んだ目に老獪（ろうかい）な光を宿すのであった。

新しい時代

森を抜けて『メタル・ライン』に到達したアルゼア達は、予想通り撒菱（まきびし）や『弓射撃』の妨害を受けることがなくなったので、それまでよりは楽に進むことができた。

しかし、なかなかロラン達の背中を捉えることができなかった。

双子の兄弟アラムとリアムはその顔に焦りを募らせる。

「……なかなか追いつけませんね」

「お師匠様、このままではロラン達を見失ってしまいますよ」

「そう慌てるでない。ロラン達はいずれペースダウンし、我々と戦わざるを得なくなるはずじゃ」

「しかし……」

「気づかぬか？　『メタル・ライン』に入ったというのに、先程から『火竜（ファフニール）』に全く出くわさなくなっておる」

「あ、確かに」

「そういえば不自然なほど遭遇しませんね」

「『精霊（せいれい）の工廠（こうしょう）』同盟が『火竜（ファフニール）』と戦ってるからじゃよ」

「『精霊の工廠』同盟が？」

「それじゃあ……」

「このままいけば、ワシらが追いつく頃には『精霊の工廠』は、『火竜』との戦闘、無理な強行軍のせいで相当消耗しておるはずじゃ」

「そうか。そこを叩けば……」

「容易く『精霊の工廠』同盟を倒せるというわけですね」

「うむ。そういうことじゃな。理想は奴らが『火竜』と戦い終わった直後にすかさず戦いを仕掛けることじゃ」

「そこまで考えていたとは。恐れ入ります！」

「流石お師匠様です！」

「フォッフォッフォッ」

（撒菱と弓使い部隊によるゲリラ戦でワシらを撒けると思ったようじゃが、そうはいかんぞい。ワシの追撃から逃れたくば、中途半端なことはせず、森の中でワシらを叩くべきじゃったな。カルテットを翻弄しておるところからなかなかの策士のようじゃが、まだまだ青いのぉ）


そうこうしているうちに『精霊の工廠』の青鎧を着た一団が見えてくる。

「お師匠様。ついに捉えましたよ。『精霊（せいれい）の工廠（こうしょう）』です」

「こちらを待ち構えて布陣しています」

「ふむ。戦闘中に当たることはできなんだか。まあ、よいじゃろう。『竜頭の籠手（ドラグーン）』を前へ……」

「アルゼア様！　後ろから『火竜（ファフニール）』です」

「む。『火竜（ファフニール）』か。一旦攻撃を中断じゃ。『竜頭の籠手（ドラグーン）』を『火竜（ファフニール）』に……」

「お師匠様。『精霊（せいれい）の工廠（こうしょう）』が『弓射撃』で攻撃してきました」

「なにぃ？　血迷ったか？」

アルゼアの部隊は、『精霊（せいれい）の工廠（こうしょう）』同盟と『火竜（ファフニール）』の群れに挟み撃ちにされて、混乱に陥る。

「くっ、これでは戦えん。一旦退却するぞ」

（ロランめ、見境なく攻撃してきおって。『火竜（ファフニール）』と交戦中に戦闘なんてすれば、両軍『火の息（ブレス）』に晒（さら）されて無茶苦茶になるじゃろうが。そんなこともわからんのか？）

しかし、『火竜（ファフニール）』達はアルゼアの方だけを攻撃してきた。

「くっ、バカな。『火竜（ファフニール）』め。なぜこちらだけ攻撃する？」

アラムは『火竜（ファフニール）』と戦闘しながら、微（かす）かに聞こえてくる音色を耳に捉えていた。

（あれ？　何だろうこの音。竪琴（ハープ）の音色？）

【ニコラのスキル】

『演奏』：B（↑1）

（ニコラのスキル『演奏』がBクラスになった。これで『火竜（ファフニール）』に簡単な攻撃を依頼することはできるようだな）

ロラン達（たち）はアルゼアが森の中で足踏みしているうちに、ニコラの『竜音』で『火竜（ファフニール）』を集めていた。

撒菱（まきびし）を撒（ま）いたり、ジェフ達弓使い（アーチャー）に襲撃させていたのもひとえにこのための布石だった。

右側に『火弾の盾』を構えながら、左側から矢弾に晒されて、アルゼアの部隊はすっかり腰砕けになってしまった。

「ええい。下がれ。下がるんじゃ。一旦森まで退却じゃ」

アルゼア達は一目散に裾野の森まで退散していく。

ロラン達は『火竜（ファフニール）』に約束していたゴブリンの肉を与えて、探索を再開する。

アルゼア達は一旦街へと戻った。

「どういうことだよ、ジイさん。ロランと一戦も交えず帰ってくるなんて。『竜頭の籠手』もほとんど使った形跡がないじゃないか」

「慌てるでない。『精霊の工廠』同盟の中に『竜音』を使う者がおったんじゃよ」

「何？　『竜音』を？」

「うむ。故に追いかけて戦いを仕掛けず、一旦退却したのじゃ。あのまま下手に追いかけても消耗するだけで、相手のペースにはまるばかりじゃからの。それならこうして山を登る敵を追いかけるよりも、街に戻り力を溜めた上で、消耗した敵が山を下ってくるところを待ち伏せして討つ方が得策。そう考えたというわけじゃ。というわけで、追加の予算頼む。索敵用に俊敏の高い弓使いと盗賊も増員するようにの」

「それはいいけど。こっちは装備を無償で提供しているだけじゃなく、冒険者の賃金まで払ってるんだぜ？　これだけやって何も戦果なしってんじゃ割に合わなすぎる」

「安心せい。それも踏まえて、『精霊の工廠』同盟が帰ってきたところを待ち伏せすると言っておるのじゃ。奴らの持ち帰ってきた鉱石を奪えば、かさんだ費用もペイできるじゃろう」

「まあ……、そういうことなら……」

「うむ。それじゃ、首尾よく準備するようにの。よっこらせっと」

アルゼアはそれだけ言うと長椅子の上に胡座をかいて寛ぎ、パイプを吸い始める。

（大丈夫かよ。そんな悠長なことで……）

ラウルはアルゼアの態度を不審に思いつつも、ダンジョン内でのことは分からないため、彼の言うがままにするほかないのであった。

装備の調整と部隊の再編を終えたアルゼアは、再びダンジョンに入り『メタル・ライン』の入口付近、道の交差する場所まで進んだ。

ここは『湖への道（レイク・ルート）』に連なる全ての道の結節点で、帰りには必ず通らなければならない。

しかし、ここは防御には向いていないため待ち伏せする場所としては不適切だった。

そこでそこから伸びる3つの道に弓使い（アーチャー）と盗賊（シーフ）を放ち、敵が網に引っかかり次第即応して、攻撃を仕掛けることにした。

そうして待ち構えていると、1人の弓使い（アーチャー）がいつまで経（た）っても帰ってこないという事態になった。

（ふっ、早速網にかかりおったわい。まだまだ青いのぉ）

アルゼアは弓使い（アーチャー）が索敵に向かった方向に部隊を進めた。

すぐにロラン達を捕捉する。

　アルゼアの部隊が近づいているのを察知したロランは、一旦引き返して高所に陣取ることにした。

　麓の平地にはラナに『地殻魔法』で防壁を作らせて、辺り一帯に撒菱を撒き、容易に近づけないようにした。

　アルゼアは『竜頭の籠手（ドラグーン）』の一斉砲撃さえ当てれば勝てると見込んで、アラムとリアム、2人のCクラス攻撃魔導師を先頭に部隊を進めようとするが、高所からの『弓射撃』によって進軍を阻まれる。

「くっ、このぉ」

　リアムは高所からこちらを撃つ弓使い（アーチャー）に向かって、『竜頭の籠手（ドラグーン）』を放つが、ジェフの目の前まで迫った炎の弾丸は直前で拡散してしまう。

『弓射撃』の射程は高低差を利用することで伸びるが、一方で『竜頭の籠手（ドラグーン）』は魔力によって射程が一定となっているため、高低差の影響を受けない。

　そのため、ロラン側の『弓射撃』は当たるが、アルゼア側の『竜頭の籠手（ドラグーン）』は届かず、アルゼア側が一方的に被害を被るという展開になった。

「いかん。『竜頭の籠手（ドラグーン）』部隊を下げろ。盾使いの後ろに隠すのじゃ」

　アルゼアは急いで戦士達（ウォーリアー）を前に出したが、前に出しても上方から狙い撃ちされているので、『竜頭の籠手（ドラグーン）』部隊が『弓射撃』に晒されることは変わらなかった。

やむなくアルゼアは、部隊を下げる。

両軍離れた場所から睨み合う形になった。

アルゼアは攻めあぐねる。

そのままその日は、夜を迎える。

（ふむ、なるほど。互角の形勢に持ち込んだというわけじゃな。流石にタダでは勝たせてくれんの。とはいえ、そろそろポーションに余裕がないのではないかの？）

ロラン達はダンジョン探索の帰りのためポーションを消費していたが、一旦引き返して補給したアルゼア側にはまだまだ余裕があった。

（いずれはポーションが尽きて、決戦を挑む必要が出てくる。そうなればこちらのものじゃ。遮二無二突っ込んできたところを『竜頭の籠手』で消し炭にしてくれようぞ）

しかし、ロランが決戦を挑まないのは、援軍がいるかどうかを見極めるためであった。

（これだけ時間が経っても援軍が来ない。敵の数はあれで全てということか。やはりカルテットは個人主義集団のようだな。力を合わせて戦おうという気概をまるで感じない。あるいは、互いの長所を組み合わせる方法が分からないのか？）

高所から鑑定することで敵のスキル・ステータス・装備もチェックすることができた。

ロランは朝、日が昇る前に荷物をまとめて道を引き返し、迂回して、別の道を通りアルゼア達をパスすることにした。

ロラン達が陣地を引き払っているのに気づいたアルゼアは慌てて後を追いかけた。

（くそっ、待ち伏せするつもりが、また追いかける展開になってしまったか）

両軍は曲がりくねった、アップダウンの激しい道を追いかけっこする。

アルゼアはロラン達を追いかけながらその先の地形について考えを巡らせた。

（確かあの先には高所が一つあったはずじゃな）

その高所は登りきったその先が崖になっているところだった。

道具なしにはとても降りることができない断崖絶壁である。

そのため登ったところで麓を封鎖してしまえば、閉じ込めることができる。

すでにポーションが少なくなっているロランは、決戦を挑んでござるを得ないだろう。

（よし）

「行軍速度を上げて、ロランにプレッシャーをかけるのじゃ。多少、ステータスを削っても構わん！」

（『竜頭の籠手（ドラグーン）』を相手にする以上、高所を取りたくなるもの。これでロランが高所に陣取れば、麓を塞いで終わりじゃな）

しかし、ロランはその高所の先が行き止まりなのを一瞬で見抜いたため、あっさりとパスする。

（くっ、あやつあっさり見抜きおった。小癪な）

「それならばこちらが高所をもらうまでじゃ。『竜頭の籠手』部隊、逃げていくロラン達に背後から砲撃を食らわせてやれ！」

高所に陣取ればこの曲がりくねった道でも、上から『竜頭の籠手』で狙い撃つことができる。

（所詮は急造の部隊。攻撃には強くても、攻撃された場合、案外脆いものじゃよ。『竜頭の籠手』の砲撃に晒された部隊は混乱して逃げ惑う。そこを『魔法細工』の鎧と剣で装備した重装備の部隊で強襲して、ジ・エンドじゃな）

高所に陣取ったアラムは眼下に逃げていくロラン達の姿を捉える。

「ようやく『竜頭の籠手』を当てるチャンスが巡ってきた。喰らえ！」

轟音とともに炎の弾丸が放たれる。

エリオに直撃した。

青鎧の『外装強化』が剝がれ、エリオ自身にも直接ダメージが与えられる。

「ぐあっ」

エースであるエリオの負傷に部隊が騒めく。

「落ち着け。『竜頭の籠手』による一過性の攻撃だ」

レオンがエリオを助け起こしながら声を張り上げた。

「この程度のダメージなら取るに足らん。このまま予定通り行軍するんだ」

このレオンの一声により、部隊は平静を取り戻した。

部隊は『竜頭の籠手(ドラグーン)』の砲撃に晒(さら)されながらも粛々と行軍を続ける。

レオンは自ら進んで部隊の後ろ側に陣取り、砲撃に身を晒して、『竜頭の籠手(ドラグーン)』が恐るるに足りないことを示す。

【レオンのステータス】
指揮：70－80

（レオンにも指揮能力が付いてきたな。この状況でのこの落ち着きは頼りになる）

背後の安全を確認したロランはエリオのダメージを確認することにする。

「エリオ。大丈夫かい？」

「うん。ただ、装備とステータスを削られちゃったかな」

【エリオのステータス】
耐久：60（↓10）－80

体力（スタミナ）：80（↓10）－100

【エリオの鎧のステータス】
威力（防御力）：120（↓20）
耐久：70（↓10）

※威力の低下は『外装強化（コーティング）』が剝がれたことによる

（一撃で『外装強化（コーティング）』を剝がした上、装備者の耐久と体力（スタミナ）を削り取った。遠距離からの攻撃でこの威力。やはり『竜頭の籠手（ドラグーン）』の威力は侮れないか）
エリオはポーションと『アースクラフト』で自身と装備を回復させた。

【エリオのステータス】
耐久力（タフネス）：60（↓10）－80
体力（スタミナ）：90（↑10）－100

【エリオの鎧のステータス】

威力：１４０（↑20）
耐久：80（↑10）

（よし。耐久力は回復できないけど、鎧は全回復した。これならまだ戦えるぞ）


砲撃を受けても粛々と行軍する部隊を見て、アルゼアは愕然とした。

（『竜頭の籠手』の砲撃に晒されても微動だにしないじゃと？　なんという練度の高さ。それに先程からワシの攻撃がことごとくいなされておる。冒険者歴20年のこのワシの経験と知見が通用しないというのか？　バカな。まるで百戦錬磨の強者ではないか。指揮しているのは本当に錬金術ギルドの者なのか？）

ロラン達を捕捉さえすれば、すぐに方が付く。

そう考えていたアルゼアだったが、考えを改めざるを得なかった。

その後もロランはなかなか勝負に応じてくれなかった。

高所に陣取って、『竜頭の籠手』の届かない場所から『弓射撃』を浴びせる。

『地殻魔法』で防壁を作り進撃を止める。

それも無理そうならさっさと逃げる。

こうして地形と俊敏の優位を活かして逃げ回ったので、アルゼア達はいつまで経っても決戦に持ち込めなかった。

流石のアルゼアも苛立ち始める。

(ええい。チョロチョロ動き回りおって。いい加減覚悟を決めて勝負に来んかい!)

その後もアルゼア達はロランを追跡するが、決定的な打撃を与えることができない。

追いかけっこを繰り返しているうちに明日には裾野の森に辿り着くという場所まで辿り着く。

アルゼアの苛立ちは焦りへと変わり始める。

(まずい。このままでは森に辿り着いてしまう。敵の方が盗賊と弓使いは優秀なんじゃ。また敵の『罠設置』と『弓射撃』のゲリラ戦に悩まされることになるぞ)

だが、四六時中追い回したかいあって、ようやくアルゼアにも攻撃のチャンスが訪れた。

ロラン達が布陣するその場所は、一見『地殻魔法』の防壁と塹壕でガチガチに固められているが、その右側には絶好の射撃ポイントが存在した。

少し時間はかかるが、そこに『竜頭の籠手』部隊を回りこませれば、高所からロランの陣地に砲撃を浴びせられる。

アルゼアは『竜頭の籠手』で『地殻魔法』の壁に砲撃を加え派手な音を立てた上で、それを囮にアラムとリアムを射撃ポイントに回す。

（『地殻魔法』で壁を作ったせいで、そちらからはこちらの動きが見えまい。ふっ、まだまだ詰めが甘いのぉ、若造よ）


アラムとリアムは首尾よく射撃ポイントに回り込んだ。

「よし。射撃ポイントに回り込めた」

「これで今度こそ『竜頭の籠手』の威力を発揮できる！」

しかし、その動きはロランに読まれていた。

崖側にはハンス、クレア、アリス、ジェフの4人の弓使い達が待ち構えていた。

アラムとリアムが姿を現すやいなや、『弓射撃』を浴びせる。

「うわっ。待ち伏せされていたか」

「上等だよ。射撃戦なら望むところさ」

『弓射撃』が収まった瞬間、顔を上げて反撃に転じる。

「『喰らえ！』」

2つの砲門が火を噴いた。

それらは真っ直ぐハンス達の方に伸びていったが、彼らの弓矢についている紅い宝玉に吸い込まれていく。

「なっ、あれは、『炎を吸収する鉱石（ファイアフルト）』？」

　さらにハンスは『魔法射撃』で『竜頭の籠手（ドラグーン）』の炎をお返しする。

『竜頭の籠手（ドラグーン）』の炎を纏（まと）った矢はアラムに直撃した。

「ぐあっ」

「アラム！　くそっ」

　再び攻守が逆転した。

　リアムはしばらく伏せて粘っていたが、アリスが矢を曲射してくる度に心が騒めき始める。

（なんだ？　心の中に憎悪が……）


【アリス・ベルガモットのスキル】

『憎悪集中』：A

「ふふっ。私のスキル『憎悪集中』を前にいつまで耐えられるかな～？」

「くっ、くそおおおお」

　ついに怒りを爆発させ、立ち上がり『竜頭の籠手（ドラグーン）』を構えたリアムをハンスは『魔法射撃』で撃ち抜いた。

アルゼアはロランの陣営が『竜頭の籠手（ドラグーン）』の砲撃によって崩れるのを今か今かと待っていた。

しかし、待てど暮らせど敵陣営は崩れる気配を見せない。

（ええい。アラムとリアムは何をやっとるんじゃ）

すでに敵の防壁は崩れつつあったが、『竜頭の籠手（ドラグーン）』を撃つ魔導師達の魔力も底をつきそうだった。

「こうなったら白兵戦で勝負をつけてやるわ！　『攻撃付与』!!」

『魔法細工』の剣と鎧で覆われた戦士（ウォーリアー）達が、赤い光に包まれたかと思いきや、半壊した防壁を乗り越えて青鎧（リフレクト・アーマー）を身に付けた敵戦士（ウォーリアー）に斬りかかる。

レオン達は敵の剣を『絡みつく盾（フレキシブル・シールド）』で受け止めた。

『攻撃付与』の赤い光に煌（きら）めく『魔法細工』の剣には重しがついて、使い物にならなくなる。

レオン達は彼らの剣を叩（たた）き落とし、そのまま敵に攻撃を加えようとする。

「い、いかん。『防御付与』」

アルゼアは慌てて支援魔法を『攻撃付与』から『防御付与』に切り替えた。

（つ、硬（かて）え）

レオン達の剣は跳ね返される。

こうして前衛の戦いは膠着し、戦線が形成された。

「ようやく僕の出番が来たようだね」

ウィルが杖の先を光らせる。

アルゼアは慌てた。

(し、しまったぁ。敵にも攻撃魔導師がいたのか!)

「アルゼア老師。かつては島一番の魔導師の名をほしいままにしていたあなたですが、どうやら時代は変わったようです。『爆風魔法』」

ウィルが呪文を唱えると、『魔法細工』の鎧を着た戦士達の足下に魔法陣が浮かび、爆風が巻き起こる。

支援魔法の威力を高める『魔法細工』の鎧とはいえ、魔法攻撃までは防ぐことはできない。

ステータスを削られる。

(バカな。冒険者歴20年以上のこのワシがこんな若造に……)

「わー。凄いですわ。お兄様」

ラナは兄の魔法の威力を手放しに称賛する。

その後、壊滅状態となった敵をレオン達が制圧し、アルゼアは捕虜となった。

天才の苦悩

『竜の熾火』でラウルは普段通りに黙々と仕事をこなしていた。

彼の頭の中に敗北の二文字などなく、勝利は約束されたもののように思われていた。

それだけにアラムとリアムの兄弟が身包み剝がされて帰ってきたのを見た時は流石に言葉を失った。

「お前ら、装備は一体どうした？　まさか……」

「申し訳ありません、ラウル殿。我々もどうにか『竜頭の籠手』を活かそうと腐心したのですが……、敵の地形を活かした戦術に翻弄され、また敵の纏う装甲は思いの外硬く……」

「最後は敵の思いの外高い火力の前にあえなく制圧されてしまい、身に付けていた装備は全て奪われてしまいました」

「……」

ラウルは軽くよろめく。

突然、地面が平衡を失ったかのようであった。

やっとのことで次の言葉を発する。

「老師は……、アルゼア殿は？」

「お師匠様は先の戦いで負傷してしまいここに来れず……」

「このお手紙をラウル殿にお渡しするようにとのお言い付けです」

ラウルはアラムの差し出した手紙に目を通す。

「引退します。

アルゼア」

ラウルは手紙を持つ手をふるふると震わせる。

（あのジジイ。引退すんのはいいけど……、負けたなら負けたでなんか一言言いに来いよ。金出したのはこっちなんだから。いや、それよりも……）

ラウルは首を振って床に目を落とす。

（この際ジジイのことはどうでもいい。なぜ俺は負けた？　確かにアイナ・バークの作った装備は厄介だが、まだまだ総合力では俺の方が錬金術師として上なはず。なぜ負けるんだ？）

ラウルはこれまで積み重ねてきたものが、ガラガラと音を立てて崩れゆくのを感じた。

（『精霊の工廠』、あいつらは一体……。俺は……一体何と戦っている？）

「まったく何をしとるんだお前達は！」

『竜の熾火』の執務室では、カルテットの４人を相手にメデスの怒号が飛び交っていた。

「『火槍』に『竜頭の籠手』、魔法細工の装備まで作り、さらには冒険者を雇うため多額の費用を重ねたにもかかわらず、何一つ成果をあげられなかっただと？　まったく。ワシが少し目を離したらこのザマだ。ラウル、お前が監督しておきながら何をやっている！」

ラウルは怒鳴られながら神妙にしていたが、内心では言い返したい思いでいっぱいだった。

（このヤロォ。偉そうに。元はと言えばテメーの蒔いた種を俺達が後始末してんだろうが）

とはいえ、今回ばかりはメデスを無視して勝手に自分達で推し進めていたことも事実なので、さしものラウルといえども強くは言い返せなかった。

「一体いつからウチは冒険者ギルドになった？　一体いつからウチは工房の外に出て、ダンジョン内で起こることにまで口を出すようになった？　ラウル、テメェ、勘違いしてんじゃねーぞ。錬金術師はただいい装備だけ作ってりゃいいんだよ」

メデスはその怒鳴り声とは裏腹に、心の中ではホッとしていた。

（ふぅ。どうにかカルテットに対しての主導権を取り戻せたわい。一時は全員に反発されてどうなることかと思ったが助かった。今後はより一層厳しく手綱を握っていかんとな）

「それで？　今後、どうするつもりなんだお前達は？　ええ？」

「いや、それは……その……」

「なんだぁ？　あれだけ好き勝手やっておきながら、いざ困ると、何もなしか？　まったく困った奴(やつ)らだな！」

「……」

「いやー。俺もラウルのやり方はよくないと思ってたんすよね。あまりにも独断的で」

ラウルの側(そば)に控えていたエドガーが、突然前に進み出て言った。

ラウルは目を見開いて、エドガーの方を見る。

（こいつ……、一体何を……？）

「だって、そうじゃないっすか？　何でもかんでもラウルの鶴の一声で方針が決まって。異議を唱えても他の人間の意見はガン無視。これじゃあこっちの士気も上がらないし、勝てるものも勝てなくなって当然っすよ」

「ラウル。今回の失敗はお前の責任。そういうことで良いな？」

（くっ。なんも言い返せねぇ）

「……はい」

ラウルは不承不承ながらも同意した。

「今後、『精霊(せいれい)の工廠(こうしょう)』対策は、エドガーお前が主導しろ」

（ハァ!?）

「ウス。任せてください。必ずご期待に応えて見せます」

「ヨシ！　それじゃあカルテットは全員、エドガーに従うように」

（『ヨシ！』じゃねーよ。なんで、よりによってエドガー(このバカ)なんだよ。頭おかしいんじゃねえか、コイツ？）

ラウルはメデスを恨めしそうに見た後、エドガーをジロリとにらむ。

（こいつ……、また裏で何か小細工しやがったな）

ラウルの予想通り、メデスとエドガーは裏で示し合わせていた。

メデスは目論見(もくろみ)が上手(うま)くいって内心ほくそ笑む。

（ラウルとエドガーなら、エドガーの方が御し易(やす)い。それにあまりカルテット同士の絆(きずな)が強くなっては困るしな。また徒党を組んで造反されぬとも限らん。ワシの地位が脅かされんようカルテット同士には今後もある程度いがみあってもらわんとな）

ラウルはメデスとエドガーの考えていることが手に取るように分かった。

（このバカヤローどもが。身内同士で揉(も)めてる場合かよ。今までのやり方じゃロランには通用しねぇって分かんねえのかよ。とはいえ……）

とはいえ、彼もまだ敗北のショックから立ち直れていなかった。

『精霊(せいれい)の工廠(こうしょう)』と戦う。

そのことを考えただけで、手は震え、足がすくむような恐怖に襲われる。

（とはいえ、俺もどうすればロランに勝てるのか分からねえ。情けねぇが、今の俺じゃ、勝てるもんも勝てねぇ）

ラウルは全てを承知した上ですごすごと引き下がるのであった。

リゼッタはこれらの光景をただただ黙って見守る。

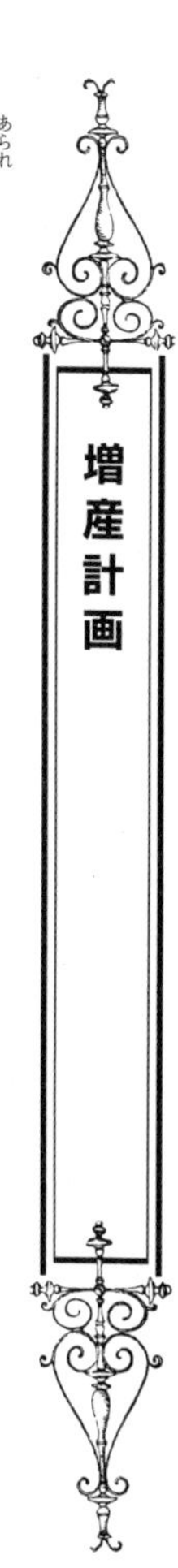

増産計画

『霰（あられ）の騎士』がダンジョンから帰ってきた。

　ギルドの威信を賭けて再び鉱石採取クエストに挑戦した彼らだったが、その結果は惨憺（さんたん）たるものだった。

『白狼（はくろう）』の攻撃によって採取した鉱石はおろか、ほとんどの者は身に纏（まと）っていた装備もズタボロにされ、中には裸同然で街に帰ってくる者までいる始末だった。

　センドリックも探索に行く前にはかろうじて半分残っていたヒゲが今回の探索で全て削（そ）ぎ落とされてしまった。

　センドリック達『霰の騎士』は失意のまま、島から撤退することになった。

　彼らは見すぼらしい姿で港までの道をトボトボと歩いていたが、流石（さすが）の島民も彼らに対してヤジを浴びせることはなかった。

　というのも彼らは島にいる間、基本的に謙虚で控え目だったし、文字通り身包み剥がれて裸同然のまま帰っていく姿に同情を禁じ得なかったためだ。

『白狼』の盗賊（シーフ）達はセンドリック達の乗った船が島から離れていくのを港で見届けていた。

「予定通り『霰の騎士』を倒したぜ」

「『霞の騎士』に帯同していた地元ギルドの奴らも必要以上に痛めつけた」

「これで『精霊の工廠』同盟がダンジョンに入ってくれれば、1対1に持ち込める」

「さて、『精霊の工廠』はどう来るか。見ものだな」

『白狼』によって痛めつけられた地元冒険者達は、今月の支払いを確保する必要に迫られ、自然と彼らは『精霊の工廠』が金払いのいいクエストを募集しているという情報を嗅ぎつける。

やがて彼らは今や『精霊の工廠』と最も親密な関係のギルド『暁の盾』に伝手を求めることになる。

レオンは早速ロランに相談した。

「今回は妙に盗賊達の攻撃も苛烈だったようでな。『精霊の工廠』同盟に参加したいと言ってる奴が前回以上に多い。パートナーシップに入ってもいいと言ってる奴もいるぜ」

「どうにか助けてやることはできないかな、ロラン？」

「……」

（『白狼』の攻撃も妙に苛烈だった……か。おそらく『精霊の工廠』同盟の動きを意識してのことだろう。ダンジョンに入れば仕掛けてくるだろうな）

「ロラン？」

「ああ、ごめん。『精霊の工廠』の方でも同盟を発足するのにやぶさかではないよ」

「本当か？　それじゃあどうにか頼む」

「それで？　『精霊の工廠』は何人分の装備を用意すればいいんだい？」

「それがだな……」


「100人!?」

アイナがたまげたように言った。

「またどえらい人数を出して来ましたね」

「うん。でも、可能だと思うんだ。これを見て」

ロランは工房の施設稼働時間を示す図表を取り出した。

「現状、この工房は昼だけしか稼働してないだろ？　夜も作業できるようにすれば、生産を倍増させることは可能だと思うんだ」

「な、なるほど」

「現状でのこの工房の生産量は？　『青鎧』、『伸縮自在の剣』、『絡みつく盾』の一式、製造と整備何名分賄える？　もちろんクオリティを落とさずにだ」

「ええと、ちょっと待ってください」

アイナは手元の資料をガサゴソと漁る。

「大体50名くらいが限界です」

「それじゃあ、新しく何名Bクラス錬金術師を雇えば100名分賄える？」

「えっ？　えーっと……」

アイナは急いで計算しようとする。

（この辺、アイナもまだまだだな。ランジュがいれば一瞬で数字を弾き出してくれるんだが……）

【アイナ・バークのスキル】
工房管理：B↓A

（まだ工房全体を任せるには心許ないか）

「分かった。それじゃ、とりあえず計算して、終わり次第後で教えてくれ」

「は、はい」

アイナが計算している間、ロランは工房の他のメンバーにも計画を話して回り、増産を促した。

「どっひぇー。今までの2倍の装備を製造するんですか？」

リーナはロランの計画を聞いてたまげた。

「他の人も大変そうですね」

「うん。だから、人員を増やして夜も工房（アトリエ）を動かすことになる。君はどう？　鉱石の精錬、今までの2倍以上になるけどいけそう？」

「確かに大変そうですが、ギルドが成長するチャンスですもんね。分かりました。やってみます」

「ありがとう。助かるよ」


【リーナ・ハートのスキル】

『廃品再生（リサイクル）』：B→A

（リーナのスキルがAクラスになれば、もっと大量の廃品を捌（さば）けるようになるはず。このクエストに成功するには彼女の成長が最低条件だ。頑張ってくれよ）


パトは一人だけ隔離された部屋で竪琴（ハープ）をいじったり弾いたりしながら、ロランから伝えられた計画について考えていた。

（これまでの2倍の生産量か。とはいえ僕のスキルは増産には役に立たない。こうやって『調律（チューニング）』の可能性を探るしかないんだけれど）

パトは竪琴(ハープ)を弾きながら思索に耽(ふけ)る。
(何か僕にも出来ることはないのかな? ん?)
パトが竪琴(ハープ)の『調律(チューニング)』をしていると、これまで聞いたこともない音色が響いていること
に気づいた。
(これは? まさか『竜音』以外にも特殊な音が宿って……?)
パトは急いで先程弾いた旋律を繰り返す。
(間違いない。『竜音』とは明らかに違う音だ。これならまた新たに冒険者達(たち)のダンジョ
ン探索をサポートできるかも)
ロランは物陰からパトの様子を観察していた。

【『調律(チューニング)』の説明】
錬金術によって楽器の狂った音階を元に戻す。
装備に対してこれを行うと特殊効果が付与されることがある。
修理した楽器に『竜音』を付与することができる。
(NEW)錬金術によって~した楽器に~を付与することができる。
(パトの『調律(チューニング)』の説明に新たな項目が加わろうとしている。ユニークスキルが進化して

幅を広げようとしているんだ）
　ロランが改めてパトの様子を見ると、彼は作業に没頭しているようだった。
（この分なら声をかける必要はなさそうだな）
　ロランは特に声をかけることもなく、そっとその場から離れるのであった。

（さて、あとはウェインだな）

　ロランがそんなことを思っていると、こちらから声をかけるまでもなくウェインの方から寄ってきた。

「聞いたぜ。ロラン。装備の生産量これまでの2倍にするんだろ？」

「ウェイン。そうなんだよ。君にも手伝って欲しいことがあってさ」

「だろうな。人を雇い入れるんだろ？　なんなら、俺が新人どもを仕切ってやってもいい……」

「いや、君にはこれを作って欲しいんだ」

　ロランはすでにまとめておいた要件書を取り出した。

「あん？　なんだこりゃ？」

「新しく『精霊の工廠』同盟に加入する冒険者向けの装備だ」

【火弾の盾】
威力（防御力）：20
耐久：70
重さ：40
特殊効果：火弾A
材料：『炎を弾く鉱石（ファイアレスト）』重さ40分

「これは『火弾の盾』か？」

「そう。今回、大量に入ってくる冒険者向けの装備だ」

「威力20、耐久70……。随分、威力が低いな」

「うん。この装備は低級の冒険者でも『火竜（ファアフニール）』の『火の息（ブレス）』に耐えられることをコンセプトにしているんだ。物理攻撃を受ける際に重要な威力（防御力）は無視していい。それよりも特殊効果として火弾Aを付与すること、そして重さを40以下にすること、それがこの装備の肝だ。腕力（パワー）Dの冒険者でも装備できるように……」

（要するに雑魚冒険者向けの装備ってことか）

　ウェインは内心がっかりしていたが、そのような素振りは見せず、僅かに肩を落とすだけに止（とど）めた。

「君の『魔石切削(カッティング)』なら、『炎を弾く鉱石(ファイアレスト)』の潜在能力(ポテンシャル)を引き出して『火弾』Aを実現することも可能なはずだ。『炎を弾く鉱石(ファイアレスト)』も魔石の一種だから……。ウェイン？　どうかしたか？」

「いや、なんでもない。やっとくよ」

ウェインは自分の作業台に戻る。

（はぁ。もっといい仕事がもらえると思ったのに。こんな雑魚向けの仕事とは。やる気出ねえけど、ロランの命令だしな）

ウェインはいかにも渋々といった感じで仕事に取り組むのであった。

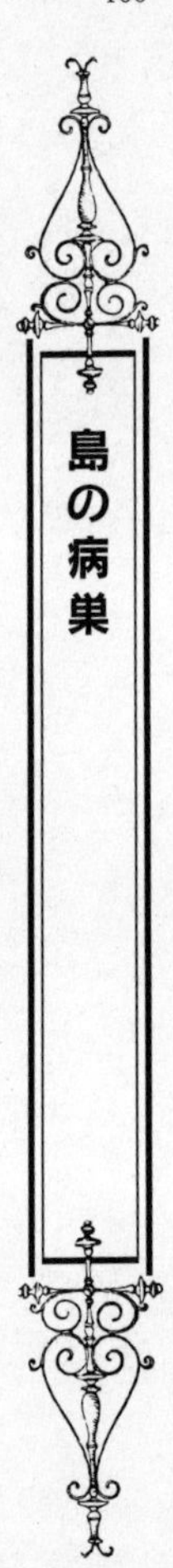

島の病巣

大幅な増産計画に備えて、ロランは新規の人材募集にも取りかかった。

（現在の工房（アトリエ）の設備では、50名分の装備を作るだけで一杯一杯。１００名分の装備を生産するには、昼だけでなく夜も工房（アトリエ）を稼働させるしかない。となれば夜の作業に適した人物を新たに雇う必要がある）

ロランは面接に訪れた目の前の少女を鑑定する。

【ルーリエのスキル】
『夜行性』：C→A
『金属成形』：C→A

（見つけた。スキル『夜行性』を身に付けた錬金術師）

基本的にスキルやステータスは夜になると不安定になる。

この島の冒険者達が夜、戦闘しないのもそのためだ。

しかし、スキル『夜行性』を身に付けたものならば夜間にスキルを使用しても、昼と同様の効果が得られる。

ルーリエは目の下にクマのできた血色の悪い不健康そうな少女だった。

ろくに手入れもされていないボサボサの黒髪がだらしなく目元までかかっている。

「大丈夫ですか？　少し寝不足なようですが……」

ロランがそう尋ねると、少女はビクッとする。

「その……、低血圧から朝寝坊しがちで、どこに行っても遅刻してしまって。朝起きれるよう頑張るので、どうにか雇っていただけませんか？」

「なるほど。では、夜間勤務は可能ですか？　ウチはこれから工房(アトリエ)を夜も稼働させる計画でして。夕方出社、早朝退社という形になるのですが」

「えっ？　朝、早起きしなくていいんですか？　やります。やります。是非その形態で働かせてください！」

ロランは次の募集者を鑑定した。

【メリンダのスキル】
『耐久力超回復(タフネスリカバリー)』：C↓A
『体力超回復(スタミナリカバリー)』：C↓A
『金属成形』：C↓A

（『耐久力超回復』と『体力超回復』が将来的にAクラス。これなら夜間でもスキルの精度を安定させることができる）

夜間にスキルが不安定になるのは、耐久力と体力が急激に落ちるためだ。

そのため、『耐久力超回復』と『体力超回復』さえあれば、ある程度夜間のスキル使用も見込める。

メリンダはルーリエとは打って変わってまるで徹夜明けのように目をギラギラと輝かせた少女だった。

「あの、大丈夫ですか？　少し目が血走っているように見えるのですが……」

「すみません。寝不足でして」

「寝不足？　何か悩み事でも……」

「いえ、悩み事ではなく、仕事不足ですね。1日12時間は働かないと眠れない体質でして」

「なるほど。ウチは今、たくさん装備を作る必要があって、人手不足でして。もしよろしければ夜間勤務及び休日出勤も可能なのですが……」

「えっ？　休日も働いていいんですか？　やります。やります。是非働かせてください」

（二人とも『金属成形』はCクラス。Cクラスの装備を作るには問題ないだろう。昼組に

Ｂクラスの装備を、夜組にＣクラスの装備を作らせれば問題ない）
こうして新たな仲間を加え、『精霊の工廠』は新体制の下スタートした。
初めはぎこちなさを見せるものの、ロランの適切な指導の下工房は円滑に回り始め、やがて１００名分の装備を完成させる。

ダンジョン探索予定日になった。
『精霊の工廠』同盟に参加を希望する冒険者達が広場に集まる。
１００名ともなると、『精霊の工廠』の前では手狭なため、広場に集合となった。
『精霊の工廠』の職員達が、広場を仕切りながら冒険者に装備を装着させていく。
「ウェイン。これもっとどうにかならなかったの？」
ロランは顔をしかめながら、ウェインの持ってきた装備を見る。
ウェインもバツが悪そうに顔を背けた。

【火弾の盾】
威力：20
耐久：30
重さ：40

特殊効果：火弾A

「特殊効果がAクラスなのは流石だけど、耐久が30……」

「いや、違うんだよ。支給された鉱石がどれも微妙でさ」

「今の君のスキルなら耐久70は軽くできると思ったんだけどなぁ」

「……」

「……まあ、いいよ。どうにかこの装備でやりくりするから」

「おお、そっか。それじゃ俺はこれで……」

「待て」

ロランはウェインの襟首を摑んだ。

「君も一緒にダンジョンに入るんだ」

「はあ？　なんでだよ」

「要求した品質の装備を作らなかったんだ。ダンジョン内の働きで、今回のミスを取り返すんだ」

「ぐっ。分かったよ」

パトは冒険者達に装備を配りながら、難しい顔をしていた。

（どうにか１００人分の装備を作り上げれた。ここまでもってこれたあたり流石ロランさ

んだ。だが……やはり質の低い冒険者も多数いるな)

パトがパッと見渡しただけでも、CクラスはおろかDクラスにも満たない冒険者達が多数いる。

(いくらロランさんといえども、これだけの数の冒険者を育てるのは大変なんじゃ。大丈夫かな)

パトがそんな風に思い悩んでいると、広場の一角に人だかりができているのが見えた。

誰かが演台に立って演説しているようだった。

(なんだ？　演説？)

パトが人だかりの後ろから目を凝らすと、少女が演説をしていた。

「諸君！　我々がこうして食い詰めるようになったのは一体なぜか！」

パトは演説している少女の顔を見て仰天した。

(あれは……カルラ!?)

「我々がこのように食い詰めるようになったのも全ては外部から来た冒険者のためだ。『竜の熾火(おきび)』が外部冒険者向けの装備を優先するようになったのも、議会が外部の冒険者に大きく門戸を開いたためだ。私はこれ以上外部から来た冒険者達が好き勝手するのを黙って見ていることはできない。今こそ、皆(みな)で立ち上がろうじゃないか。港を封鎖して、外部のものを締め出し、『火山のダンジョン』と『巨大な火竜(グラン・ファフニール)』討伐クエストを我々の手に取り戻そう。ここに集まった者達で一致団結し、議会に対して圧力をかければ彼らも話を聞かないわけにはいくまい」

（カルラ。何をしているんだ。まさか、この集まりに乗じて人々を扇動し、ロビー活動に結びつけるつもりか？）

パトは彼女の発想と行動に愕然とした。

しかも困ったことに少なくない者達がカルラの演説に聞き入っていた。

「おい、コラ。テメェ。何やってんだ！」

ウェインが目くじらを立てながら、演台に登ってカルラの手を摑む。

「なっ、貴様、何をする。離せ！」

「指揮系統に入ってない奴が勝手に演説するのは禁止だ！　こっちに来い。ロランの前に引っ立ててやる」

パトは慌ててウェインとカルラの下に駆けつけた。

「ウェイン。待ってくれ。その娘は僕の知り合いだ」

「あん？　パト？　お前の知り合いかよ」

「どうした？　なんだこの騒ぎは？」

ロランがやってくる。

「あっ、ギルド長。聞いてくれよ。この女が勝手にウチの同盟の連中を扇動してやがったんですよ」

「君は確か以前ウチのギルドに来た……。パト、彼女と知り合いなのか？」

「ロランさん、彼女のこと僕に任せてくれませんか？」


パトとカルラは広場の隅に移動した。

カルラはバツの悪そうな顔をしている。

「久しぶりだね、カルラ」

「……」

「ユガンの暗殺が失敗して、今度は政治活動かい？」

カルラはキッとパトのことを睨む。

「暗殺に失敗したわけじゃない。殺すまでもなく、奴らが退散したんだ」

「それで今度は演説でみんなを扇動するのかい？」

「お前に私の行動をとやかく言われる筋合いはない。私は島を守るためにやっているだけだ」

（島を守る……）

今のパトにはカルラの言っていることが空虚に聞こえた。

「カルラ。君も『精霊の工廠』同盟に参加してみないか？」

「何？」

「『精霊の工廠』とロランさんは、いずれこの島の錬金術ギルドとして主導的な役割を果たすつもりだ。そして、この島を蝕む病巣を取り払って治癒する」

「病巣？」

「そう。病巣だ。この島は病気にかかっている。『竜の熾火』という名の病気に」

「……」

「『精霊の工廠』に移籍して、はっきり分かった。彼らは病人であるにもかかわらず、それに気づかずウィルスを振り撒いている伝染病患者のようなものだ。おかしいと思わないか？　島の冒険者がいつまでも育たず、『巨大な火竜』がいつまでも倒せない。一方で、『竜の熾火』だけ発展し、肥大化している。これは偶然じゃない。全ては『竜の熾火』の抱えている病気が原因だ」

「……」

「彼は、ロランさんはこれまで島の外からやってきた冒険者達とは明らかにレベルが違う」

「まあ、確かにSクラス冒険者はおろか、Aクラス冒険者すらいないようだし、確かにこれまでやってきた外部冒険者に比べれば見劣りするな。だが、そんなことはわざわざ言われなくたって……」

「逆だよカルラ。これまでやってきた外部冒険者に比べて、ロランさんの方が冒険者としてはるかに上回っている。僕はそう言いたいんだ」

「何だと？」

「君も曲がりなりにもセイン・オルベスタやユガン・アイマールと一緒にダンジョンを探索してきたんだろ？　そして彼らの実力を間近で見てきた。なら、一緒にダンジョンを探索すればすぐに分かるはずだ。ロランさんの実力が」

「……」

「君も『巨大な火竜（グラン・ファフニール）』を狙ってるんだろ？　なら、今後、この島で間違いなく台風の目となる『精霊（せいれい）の工廠（こうしょう）』とロランさんについて、チェックしておくのは決して時間の無駄じゃないと思うけれどね」

「お待たせしました。ロランさん。彼女も同盟に参加するとのことです」

パトはカルラを伴って、ロランの下に戻ってきた。

「ようやく来たか」

ロランはカルラに親しみを込めた笑みを向ける。

「君とはいずれ一緒にダンジョンを探索する。そんな気がしてたよ。初めて会った時からね」

（なんだこいつ？）

カルラはロランを胡散臭げに見た。

「ロランさん、今回の探索、僕もついて行きます」

「パト。君も？」

「はい」

（カルラがロランさんを殺そうとすれば僕が止める。命に代えても）

カルラの戦い方

『精霊の工廠』同盟がダンジョンに入って行くのを見届けた『白狼』の面々は、ほくそ笑みながら後をつけていく。

「ふっ、まさか自分達の方から雁首そろえてダンジョンに入ってくれるとはな」

「どうやって『精霊の工廠』をダンジョンに誘いこもうかと気を揉んでいたが、こちらから策動する手間が省けたな」

「ロランの野郎、先日の雪辱果たさせてもらうぜ」

「わざわざ大所帯になって、攻撃もしやすくなった。このダンジョンが誰の庭かたっぷり教えてやる」


森の中を進みながら、ジェフは違和感を感じていた。

（なんだ？　他の奴の動きが遅く感じる）

ロランはジェフが怪訝な顔をしていることに気づいて声をかけた。

「どうしたジェフ？」

「ロラン。いや、なんか、新しく加わった連中の動きが妙に遅いような気がして……」

「それだけ君が成長したってことさ」

実際、新規に加入した者達と既存の部隊員では、目に見えて動きの質が違った。

ロランの鍛錬を着実にこなして実戦経験を積んできた彼らは、既に島の一般的な冒険者とは一線を画するレベルになっていた。

（だが、こうなってくると新規ギルドと既存ギルド間の格差が問題になってくるな。格差は必ず軋轢と分断を生む）

指揮官としては頭の痛い問題だった。

（さて、どうしたものかな）

同盟に参加した冒険者ギルドから装備の使用料を徴収するには、彼らに鉱石を獲得させなければならない。

ただ、鉱石を採って戻ってくるだけではなく、全員で鉱石を獲得し戻ってこなければならないのだ。

当然、盗賊達もそれを狙ってくるはずだった。

（まずは行きの採掘場までの道。ここをなるべく消耗せずクリアして、なおかつ新規で入ってきた冒険者を育てなければならない。帰りの盗賊達との戦いに備えて）

鬼族や狼族の出て来る裾野の森は、数の力で強引に突破していき、やがて一行は鈍色の鉄鉱石がそこかしこに表出している『メタル・ライン』へとたどり着く。

（さて、問題はここからだな）

１００名もの冒険者を引き連れて、ダンジョンの細い道を進むとなると、全員で固まって進むというわけにはいかなかった。

戦列は自然と縦に長く伸びることになる。

（『メタル・ライン』からは『火竜（ファフニール）』が出て来る。上空から『火の息（ブレス）』を吹きかけてくる相手に対して縦に長く伸びた部隊をどう守るか）

ロランは部隊を２つに分けることにした。

最前線には最強部隊を揃（そろ）えて、『火竜（ファフニール）』を迎え撃つ。

俊敏（アジリティ）の高い弓使い（アーチャー）と盗賊（シーフ）を使い索敵で優位に立ち、『火竜（ファフニール）』がこちらを見つける前に、こちらから見つけて倒す作戦だった。

「レオン！」

「ん？」

「前衛の指揮を頼んでもいいか？　僕は後方の指揮に専念したい」

「それはいいが。俺で問題ないのか？」

「大丈夫。前衛には部隊中でも最強の冒険者を集めているし、それに……」


【レオンのステータス】

「君の指揮官としての能力もかなり上がっている」

「そうか。まあ、お前がそう言うのなら……」

「後方は僕が守るから、君達は前方の敵に集中してくれ。なるべく消耗しないように地上戦は最小限の戦闘で追い払うこと。竜族だけ確実に仕留めてくれ。索敵してなるべくこちらから仕掛けるんだ。ただし、後方とは連絡を緊密に取って距離を空け過ぎないようにね」

「分かった」

レオンは前衛で指揮を執る。

（さてと僕は……）

ロランは後衛の指揮を執りながら、優先的に育てると決めていた者達を自分の周りに集めた。

その中にはカルラの姿もある。

（盗賊達との戦闘が予想される帰りまでにどれだけ部隊の弱い部分を鍛えられるかが勝負の分かれ目だ。ウェインの作った装備が期待外れな以上、ここはいつも通り冒険者のスキル・ステータスを可能な限り伸ばすしかない。そのためにはそれぞれのスキル・ステータ

スのポテンシャルに合わせて配置する）
ロランは比較的成長の早そうな者を選抜して、適役に振り分けていった。
腕力（パワー）の高い弓使い（アーチャー）はパワーシューターに。
俊敏（アジリティ）の高い弓使い（アーチャー）は援護射撃に。
腕力（パワー）と耐久力（タフネス）の高い剣士は突撃要員に。
俊敏（アジリティ）の高い剣士は後ろからの飛び出しに。
『盾防御』のスキルが高い者は耐久力（タフネス）の低い剣士の援護に。
「こんなところかな。さて、最後にカルラ。君は……」
ロランはカルラのスキルを鑑定した。

【カルラのスキル】
『剣技』：C→A
『影打ち』：D→A
『アイテム奪取』：E→A
『回天剣舞』：E→S

（ふむ。あの時から驚くほど成長していない）

「カルラ。君には僕の後ろについてもらう」

「？　お前の？」

こうして配置を全て終えると、『精霊の工廠（せいれいのこうしょう）』同盟はダンジョン探索を再開した。

レオンの指揮する前衛とロランの指揮する後衛に分かれて、一定の距離を保ちながら細い山道を進んでいく。

ロランが周囲を警戒しながら進んでいると、前衛から3本の矢が上空に放たれるのが見えた。

（前衛からの合図！　戦闘か）

ロランは部隊に合図して前衛の背後を守るべく、前を進む部隊の最後尾にピタリとつけた。

そうして前衛の背後を固めると、自身の部隊には後方を警戒するように命じる。

（さて、こうしてダンジョンの途中で止まっていれば当然ながら……）

「敵襲!!　後ろからだ」

『遠視』を使える弓使い（アーチャー）が叫んだ。

「数は？」

「『小鬼（ゴブリン）』10体と『鎧をつけた狼（アーマードウルフ）』5体！」

「よし。展開しろ。回り込まれないよう、横に広がれ。カルラ、さっき教えたこと覚えてるね？　行くぞ」

「……」

　カルラは先程森でロランから教わったことを思い出す。

「後衛型盗賊（シーフ）？」

「ああ。君は前衛としては腕力（パワー）も耐久力（タフネス）も低い」

【カルラ・グラツィアのステータス】
腕力（パワー）：30－40
耐久力（タフネス）：20－30

「君の場合、盾使いを上手（うま）く使った、後衛型盗賊（シーフ）の戦い方を覚えるのが得策だ。そこで肝となるのが君のスキル『影打ち』だ」

（『影打ち』……。私にそんなスキルが……）


【カルラ・グラツィアのスキル】

『影打ち』：D→A

ロランは盾を手に持った状態で、木の幹に体ごと押し付ける。

『影打ち』は味方越しに向こう側にいる敵を攻撃するスキル。カルラ。この状態のまま、僕に攻撃してみてくれ」

「は？」

「僕の背後から、僕越しにこの木の幹に攻撃するイメージで」

「いや、そんなこと言われても……」

「いいから。とにかくやってみて」

「はぁ」

カルラはロランの鎧に覆われた背中部分に斬りつける。

すると剣がロランの体をすり抜けるような感覚に襲われる。

「!?」

木の幹の、ロランが盾を押し付けている部分に切り傷が付いた。

ロランにダメージはない。

カルラは慌てて、剣の切っ先を見た。

剣はロランの背中に押し付けられたままである。

（な、なんだ今の感覚は。まるで剣がロランの体をすり抜けたみたいに）

「うん。いい感じだ。できたみたいだね」


【カルラ・グラツィアのスキル】

『影打ち』：C（↑1）

　そのあとも、カルラは何度かロランと練習して『影打ち』の感覚を摑んでいく。

（練習ではほとんど100パーセント『影打ち』を発動できるようになった。だが、果たして実戦で使いものになるのか？）

　ロランは盾で飛びかかってくる『小鬼』の剣を受け止める。

「カルラ、今だ！」

　しかし、カルラがロランの背中に斬撃を加える前に『小鬼』は離れてしまう。

　カルラの斬撃はロランの鎧を損耗させるだけだった。

（ぐっ、ミスった）

　ロランも体勢を崩して、体力が削られる。

「ぐっ」

「あ、すまない。大丈夫かロラン？」

「大丈夫だ。それよりカルラ、もっと早く踏み込んで！　斬撃も素早く放てるようフォームを短くするんだ」

「う、うるさいな。分かってるよ」

「来るぞ。もう一度だ！」

再び『小鬼(ゴブリン)』がロランに斬りかかってくる。

（もっと、カルラがやり易(やす)いように）

ロランはなるべく長く敵と接触していられるよう、盾で『小鬼(ゴブリン)』の剣をいなし、体を敵にぶつける。

「カルラ、今だ！」

「はああっ！」

カルラは思い切りロランの背中を突いた。

『小鬼(ゴブリン)』は血を吐きながら、後ろに吹き飛ぶ。

（で、出来た!?）

（ただダメージを与えただけじゃない。敵の鎧もすり抜けて斬撃を浴びせている。これが『影打ち』の真価か）

部隊の他の者達(たち)もそれぞれ戦闘を終えていく。

「カルラ。よかったよ、今の戦闘」

「あ、ああ」

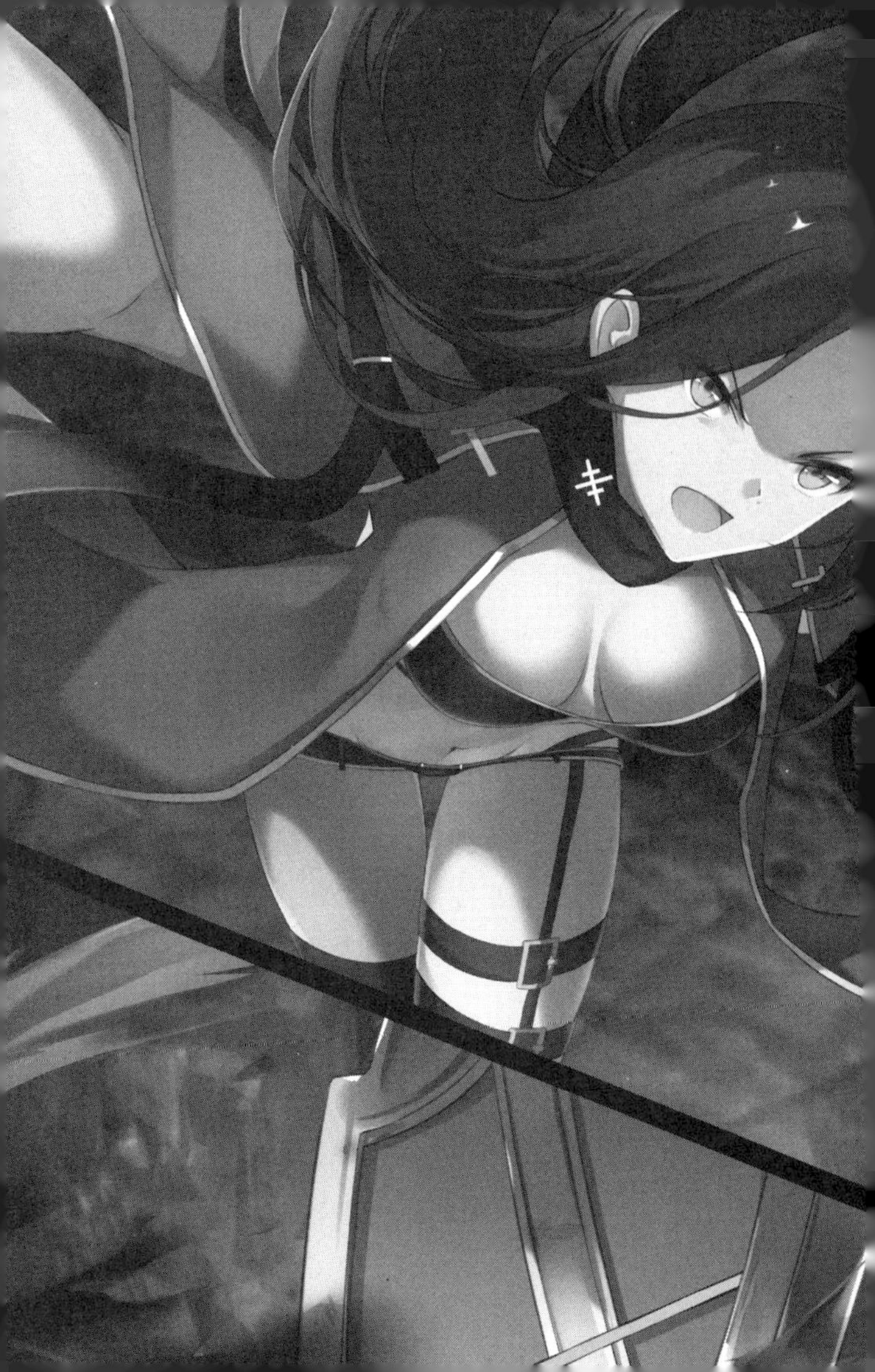

「次の戦闘もこの調子で頼む」

その後もロランはカルラの『影打ち』を鍛えていった。

そのうち、カルラは敵に与えるダメージがマチマチなことに気づいた。

一撃で敵を仕留められる場合もあれば、小ダメージしか与えられない時もある。

(なんだ？　威力にバラつきがあるな)

カルラは首を傾げる。

「カルラ。どうやら君の『影打ち』、敵の体勢によって威力が変わるようだ」

「敵の体勢？」

「そう。敵の体勢が崩れている時に『影打ち』を浴びせれば大ダメージを与えられる。敵がこちらに寄りかかっている時など、つまり重心を崩している時にはクリーンヒットと同じくらいの効果が生まれるようだ」

「な、なるほど」

「僕の動きだけじゃなく敵の動きもよく見て」

「よし。分かった」

(敵の動きもよく見て……)

カルラはロランのアドバイス通り敵の動きにも注意を払うようになった。

とはいえ、ロランの背中越しではほとんど敵の動きは見えない。

しかし、そのうちに敵の足下を見るだけで、ある程度敵の体勢が予想できるようになる。

（崩れた。今だ！）

カルラは『影打ち』を放つ。

『鎧をつけた大鬼（アーマードオーク）』がその巨体にもかかわらず、急所を貫かれ、一撃で絶命する。

（大したもんだな。もう、盾使い越しの戦いを身に付けている）

ロランはカルラの習得の早さに内心で舌を巻く。

（『小鬼（ゴブリン）』も『大鬼（オーク）』も倒した。もはや耐久力（タフネス）と体力（スタミナ）、腕力（パワー）で、彼女は止められない。後は俊敏（アジリティ）の高い狼（おおかみ）族と『トカゲの戦士（リザードマン）』を仕留められれば……ってとこか）

パトも後ろから見ていて、カルラの変化を如実に感じとっていた。

（カルラの動きがどんどん鋭くなっていく。適切な戦い方を覚えただけで、ここまで変わるものなのか？）

そうしているうちにロランの望み通りの相手が来た。

『トカゲの戦士（リザードマン）』である。

『トカゲの戦士（リザードマン）』は細かいステップを踏みながら、ロランに偃月刀（えんげつとう）で斬撃を加えてくる。

（くっ、なかなか敵を捕まえられないな）

ロランは『トカゲの戦士（リザードマン）』に体をぶつけられず、苛立（いらだ）ちを覚える。

そろそろ鎧が限界を迎えつつあった。

彼の耐久力(タフネス)と体力(スタミナ)も。

一方でカルラの神経は研ぎ澄まされていく。

(ロランが敵を捉え損ねている、敵の動きが速いんだ。もっと鋭く、相手の動きを先読みして……)

カルラは影のようにロランの後ろに付きながら、今までよりも一層腰を低くして一瞬のチャンスにかける。

『トカゲの戦士(リザードマン)』の剣がロランの盾に当たり損ねて、体勢を崩す。

その一瞬の隙を見逃さず、ロランは『トカゲの戦士(リザードマン)』の懐に飛び込み体をぶつける。

「よし。今っ……」

ロランが全て言い終わる前にカルラは踏み込んでいた。

『影打ち』を発動させて、『トカゲの戦士(リザードマン)』の剣を弾(はじ)き飛ばす。

(もう一撃……)

しかし、『トカゲの戦士(リザードマン)』が体を離す方が早かった。

「ロラン、スイッチだ!」

カルラはロランの肩を飛び越えて、『トカゲの戦士(リザードマン)』に斬りかかる。

一撃を加えた後も回転して、連撃を繰り出した。

『トカゲの戦士(リザードマン)』をめった斬りにする。

カルラは自分で自分の繰り出したスキルに驚いた。

（な、なんだ今のは？　私のスキルなのか？）

（今のカルラの斬撃。普通の『剣技』だけじゃない。おそらくユニークスキル『回天剣舞』！）

【カルラ・グラツィアのスキル・ステータス】
『剣技』：B（↑1）
『影打ち』：B（↑1）
『回天剣舞』：C（↑2）
俊敏（アジリティ）：60（↑20）－70（↑20）

（盾使い越しの戦いを覚えて、一気にスキル・ステータスが向上した。これなら来たるべき盗賊（シーフ）との決戦においても十分戦力になる。カルラ・グラツィア。合格だ！）

「よし。よくやったよカルラ」

ロランはカルラの肩をポンと叩（たた）く。

「あ、ああ……」

「流石（さすが）に疲れただろ。一旦休んで……。ん？　新手か!?」

戦闘を終えたロラン達の前に、新たなモンスターの軍勢が襲いかかってきた。

カルラは再び剣を構えようとして、足に違和感を感じた。

（っ。足が……）


【カルラ・グラツィアのステータス】

俊敏（アジリティ）：10（↓50）－70

（カルラ!?　急激なステータス上昇の反動で、ステータスが不安定になっているのか？）

（マズい、このままじゃ囲まれてしまう）

カルラの額に冷や汗が浮かぶ。

「大丈夫だカルラ。君はこのまま休んでいて」

「えっ？」

カルラが問い返す間もなく、２人の周りを冒険者達が取り囲んでフォローした。

ロランに選抜された他の冒険者達だった。

「俺が一番デカい『大鬼（オーク）』に当たる。サム、トレバー。左右を固めてくれ」

「オーケー」

「任せろ」

「ノア。敵の中に後ろからこっち狙ってる奴がいる。『弓射撃』頼む」

「よしきた」

成長していたのはカルラだけではなかった。

ロランの選抜した冒険者達は、連戦にもかかわらず疲れを見せることもなく、連携して瞬く間に新手のモンスター達を制圧していく。

「よーし。敵を制圧できたぜ」

「なんか俺達いい感じじゃね？」

「ああ、この装備使いやすいしな」

「指揮官の指示が明確なのも助かる」

カルラはその光景に啞然とする。

地元の冒険者達がこれほど勇敢に戦う姿など未だかつて見たことがなかった。

（この短時間の間に、これだけの冒険者を成長させたっていうのか）

カルラはロランに対して畏怖に近いものを感じた。

（こいつなら、本当に『巨大な火竜』を……）

「ロラン、装備についてちょっと相談があるんだが……」

「ロラン、敵の索敵について……」

「ああ、それなら……」

成長する楽しさを覚えた冒険者達は、次々と向上心を発揮させて、ロランに教えを乞う。

ロランもそれに応えていく。

「よし。こんなとこかな。カルラ。今日はもう休んでいいよ。疲れただろ」

「……ああ」

（危険だ）

カルラは据わった目で部隊をまとめるロランの背中を見る。

（こいつは危険過ぎる。今すぐに消さなければ）

カルラはロランに気づかれないよう密かに剣の柄を握りしめた。

ポテンシャル

カルラがロランを背後から襲おうと腰を低くした時、誰かの手が肩に乗るのを感じた。

「カルラ、何をしている？」

「っ。パト!?」

「敵はもう全て倒したんだ。剣を鞘に収めたらどうだ？」

「っ。お前に言われなくても分かってる。うるさいな」

カルラは剣を鞘に収めて、ロランから目を離す。

「カルラ。まさかロランさんを攻撃しようとしたんじゃないだろうな？」

カルラはそれには答えず、自分の配置に戻った。

パトはその様子を苦い顔で見る。

（恐れていたことが起こってしまったか。ロランさんの実力を認めたのはいいものの、そのためにかえってカルラの危険人物リストにロランさんが入ってしまった。カルラ、本当に『巨大な火竜』に近づく人間全てを殺すつもりなのか？）

2人を近づけたのはやはり間違いだったのだろうか？

パトはかぶりをふった。

（たとえ、今は考え方が違ったとしても、必ず手を取り合える道があるはずだ。何にしても今後はより一層彼女の監視を強化する必要がありそうだな）

カルラはパトから十分離れたところで再びロランの方をチラリと見る。

ロランは今、別の人間を指導しているところだった。

（これだけの衆人環視の中、ロランを暗殺するのは流石に無理か。チッ。パトに止められたせいでチャンスを逸してしまったな。まあいい。どの道、今の私の攻撃力ではロランの着ている青鎧（リフレクト・アーマー）に傷は付けられない。奴を一撃で仕留めるには『影打ち』しかない。『影打ち』を放つには、間に盾使いを挟む必要があるから誰か協力者が必要だな）

カルラは焦れったさに歯噛（はが）みしながらも、自分を抑える。

その後もロラン達（たち）はダンジョンを進んでいった。

ほとんどの場面で問題らしい問題は起きなかったが、一度だけヒヤリとさせられる場面があった。

前衛部隊の撃ち漏らした『火竜（ファフニール）』が1匹、こちらにふらりとやって来たのだ。

「慌てるな。『火弾の盾』部隊、展開して！」

ロランが指示を出すと、それまで主力だった部隊が下がり、ウェインの作った『火弾の盾』を装備した部隊が前に出る。

彼らは片手に持った短剣（ダガー）を投げ付けて、『火竜（ファフニール）』を引き付ける。

狙い通り『火竜（ファフニール）』はすっかり挑発に乗って彼らに『火の息（ブレス）』を吐きかける。

硬い鎧（よろい）を纏（まと）った冒険者にも大ダメージを与えることのできる『火の息（ブレス）』だったが、『火弾の盾』の前では無力だった。

『火竜（ファフニール）』の吐く炎を完全に弾き返す。

『火の息（ブレス）』が通じないと分かった『火竜（ファフニール）』は、爪と牙で攻撃しようと急降下しながら接近してくる。

「よし。スイッチだ」

ロランが命じると、『火弾の盾』を装備した盗賊（シーフ）と弓使い（アーチャー）・戦士（ウォーリアー）部隊が入れ替わる。

『火竜（ファフニール）』は誘（おび）き寄せられたと気づいても、急には方向転換することができず、『弓射撃』と『剣技』をまともに受けてしまう。

まだ対空迎撃に慣れていない地元冒険者達は、『火竜（ファフニール）』を一度で倒し切ることはできないものの、何度か同じ攻撃を繰り返すことで『火竜（ファフニール）』を倒すことができた。

「よし。やったぜ」

「やればできるじゃん俺ら」

（ふぅ。どうにか倒し切ることができたか）

ロランはホッとした。

スキル・ステータスの低い地元冒険者達で『火竜（ファフニール）』を倒し切ることができるか内心ヒヤ

ヒヤしていたのだ。

「よーし。この調子で『火竜(ファフニール)』が来たら倒していこうぜ」

『火弾の盾』を装備した盗賊(シーフ)が横を通り過ぎるのを見て、ロランはギョッとした。

（げっ）

【火弾の盾】
耐久：10（↓20）

「ちょっと待った！」

「ん？　なんだよ」

ロランに肩を摑(つか)まれて、『火弾の盾』を持った盗賊(シーフ)の男は怪訝(けげん)そうにする。

「『アースクラフト』を使用するんだ」

「え？　もう使うのか？」

「いいから！」

「う。分かったよ」

ロランに詰め寄られて、その盗賊(シーフ)はしぶしぶ『アースクラフト』の使用に同意する。

「ウェイン。彼に『アースクラフト』を！」

「へーい」

ウェインは荷物から『アースクラフト』を取り出して、盗賊の男に支給する。

『アースクラフト』は立ち所に盾のステータスを復元した。

ロランは苦々しい思いでその様を見守る。

【火弾の盾】
耐久：30（↑20）

（どうにか運用できてはいるが、やはり耐久値30はちょっときついな。一戦戦っただけですぐ不安定になる。小まめにアイテム鑑定して『アースクラフト』で回復していくしかないか）

ロランは『アースクラフト』を配っているウェインの方をチラリと見やる。

（せめてウェインがこれを機に、少しは冒険者の立場を分かってくれるといいんだが……）

その後もロラン達は、襲いかかってくるモンスター達を撃破して、ダンジョンを進んでいった。

その日は何事もなく夜を迎えて、全員眠りにつく。

翌朝、ロランはカルラを連れて前衛部隊の下を訪れた。

「レオン。ちょっといいか？」

「おう、ロラン。どうしたんだ？」

「メンバー変更だ。彼女はカルラ。今日から補充要員として前線の部隊に編入してもらう」

（何？　前線に編入だと？）

カルラは焦った。

（冗談じゃない。そんなことになれば、ますますロランを殺しにくくなってしまうじゃないか。何とかやめさせなければ……）

「補充？　こっちは間に合ってるぜ？」

レオンが不思議そうに言った。

「ああ、分かってる。だが、彼女は後ろに置いておくには惜しい存在だ。彼女は前線でレベルの高い者達と組んでこそ真価を発揮する」

「ほお」

レオンは初めてカルラに興味を持ったかのように彼女のことを見る。

「カルラとか言ったっけ？　前衛は後衛ほど易しくないぜ？　足手纏（あしでまと）いにはならないんだ

ろうな？」

レオンがそう言うと、カルラはムッとする。

「足手纏い？　冗談じゃない。むしろお前達が私の足手纏いにならないか心配なくらいだ」

「ふっ。威勢だけは一人前のようだな。その言葉が口だけじゃないことを祈るぜ」

「レオン。彼女は後衛型盗賊（シーフ）。盾使いの後ろにピタリとついて、敵が組み合ってきたら『影打ち』で攻撃し、敵が身を引いてきたら飛び出して『剣技』を浴びせるスタイルだ。エリオと組ませて機能するか試してみたい」

「よし。分かった。エリオ。ちょっと来てくれ」

レオンがエリオを呼ぶ。

カルラはその段になって、ようやく自分が迂闊（うかつ）な発言をしてしまったことに気づく。

（しまった。売り言葉に買い言葉で前線編入に同意してしまった。何をやってるんだ私は）

「カルラ。大丈夫か？」

ロランはカルラの顔が強張（こわば）っているのに気づいて声をかけた。

「えっ？　あ、いや……」

「大丈夫だよ。君なら前線組でも十分通用する。自信を持って」

「ん？　あ、ああ」

「レオンも責任感が強いから言い方が厳しいだけで、決して意地悪なんてしたりしないさ。すぐ君のこと認めてくれるよ」

「お、おう」

（なんかやりづらいなコイツ。優しく励ましやがって）

カルラは殺意が薄まりそうになるのを慌てて戒めるのであった。

そうして、部隊の再編を完了させると、ロラン達はまたダンジョン探索を始める。

時を待たずして、索敵に出たジェフが近づいてくるモンスターを見つけてくる。

「前方500メートルに敵部隊がいるぞ。『鎧をつけた大鬼（アーマードオーク）』20体と『鎧をつけた狼（アーマードウルフ）』10体」

「よし。部隊前進。こっちから仕掛けるぞ。ジェフに続け。伝令係は索敵部隊を戻すと共に後ろにも知らせろ」

レオンがそう指示を出すと伝令係の弓使い（アーチャー）が上空に矢を放って、敵を見つけたことを知らせる。

「カルラ。とりあえずお前はエリオの後ろに付いとけ。後のことは周りがフォローする」

「ああん？　そんなこと言われなくても分かって……」

エリオが『鎧をつけた大鬼（アーマードオーク）』に向かって飛び出して行った。

（うっ。速い）

カルラは遅れそうになるところ、慌てて付いて行った。

どうにかエリオが『鎧をつけた大鬼（アーマードオーク）』と対峙（たいじ）するところで後ろにつく。

（よし。エリオの後ろについたぞ。ここから敵が攻撃してくるのを待って、『影打ち』で……）

しかし、エリオは敵が攻撃してくるのを待たず、自分から『盾突撃』する。

「えっ？」

カルラが、『盾突撃』で急加速するエリオに戸惑っているうちに、エリオは敵を昏倒（こんとう）させた上で組み伏せ、腰から取り出した短剣（ダガー）を相手の首に突き立てて、あっさりと敵を倒してしまう。

周囲の冒険者達も自分に割り当てられたモンスターを順当に倒していった。

「あ……」

カルラが何もしないうちに戦闘は終了してしまう。

「カルラ。何やってんだ。『影打ち』するならエリオの『盾突撃』に合わせなきゃだろ」

ジェフが叱咤（しった）した。

「う、うるさいな。分かってるよ」

また戦闘が始まる。

カルラはエリオの背後についてチャンスを窺う。

（さっきは遅れを取ったが、今度こそ……）

エリオは敵の姿が目に入るや、敵との間合いを測りながら、『盾突撃』のチャンスを狙って小刻みにステップを踏む。

（くっ。こいつ盾使いのくせに動きが読みづらい。ロランよりも動きが複雑で……）

カルラはどうにかエリオの『盾突撃』のタイミングに合わせて『影打ち』を放とうと準備する。

しかし、エリオは突然止まった。

カルラはエリオの背中にぶつかってしまう。

「うぶっ」

「あ、ごめん。大丈夫？」

「急に止まるなよ。一体どうして……」

「今回は『火竜』が来てるからジェフの後ろで待機なんだ。ホラ、来るよ」

ジェフが『火竜』を『弓射撃』で引き付けたところに、エリオが飛び込んで『盾突撃』する。

カルラはぼうっと見ていたため、また出遅れてしまう。

「おい、カルラ。何やってんだ。追撃するところだろ」

またジェフが叫んだ。

「いい。俺が行く」

事態を見越して準備していたレオンが、サッと動いて、昏倒している『火竜(ファフニール)』の頭部に剣を突き立てる。

（やはり、まだ前衛組とは差があるな）

ロランはエリオに合わせようと四苦八苦するカルラを見ながらそう思った。

（カルラのスキル・ステータスはすでにBクラスだが、エリオ達(たち)に比べれば、判断の速さ、戦術理解度、スキルの精度など、まだまだ発展途上だ。だが、それら足りない部分を洗い出して埋め合わせた時、彼女もこの部隊も一段階上のレベルに到達できるはず。今はまだ見守る時だ）

前線部隊にまた、モンスターが襲いかかってくる。

が、カルラはエリオに付いていくので精一杯で『影打ち』を打つことができない。

「カルラ！　お前、さっきから何やってんだ。後ろでぼーっとしてるだけじゃねーか」

「う、うるさいな。お前らの動きは速い上に分かりづらいんだよ」

「『火竜(ファフニール)』が出たら、とにかく『盾突撃』からの追撃だ。しっかり頭に入れとけ」

ジェフは苛(いら)つきながら叱咤する。

しかし、レオンは異なる見方をしていた。

(驚いたな。カルラの奴、もうエリオの動きについていきつつある。これほど早くエリオの動きに合わせせられた奴は初めてだ。なるほど。ロランが特別目をかけるのも分かる。カルラ・グラツィア、こいつの素質は別格だ)

「また、『火竜』が来たぞ」

「カルラ、今度は外すなよ」

「うるさい。分かってる」

エリオが『盾突撃』の構えに入る。

(ここから、急加速するんだろ。それなら、私も踏み込みを強くして……)

エリオは一瞬急加速して、『火竜』の頭に飛び込む。

カルラも寸分違わずエリオの背中に飛び込んだ。

ジェフはカルラの猫のようにしなやかな動きにギョッとする。

(なっ、あいつ空中で『影打ち』する気か!?)

カルラは、エリオの盾が『火竜』の頭部に当たるタイミングで、寸分違わずエリオの背中に剣を突き立てる。

『火竜』は『盾突撃』と『影打ち』を同時に食らって、昏倒しながら額から血を吹き出した。

「はああっ」

カルラはそのままエリオの背中を踏み台にして、もう一度飛び『回天剣舞』を浴びせる。

一瞬で『火竜（ファフニール）』の頭部から首にかけて無数の切り傷が付けられた。

『火竜（ファフニール）』は数箇所から血を吹き出して、地上に墜（お）ちる。

「ふっ。どーだ。ジェフ。私が本気を出せばこんなもんだ」

「くっ。1匹『火竜（ファフニール）』を倒したくらいで調子に乗ってんじゃねーぞ。前線組なら一人で『火竜（ファフニール）』を倒せるようになって、ようやく一人前だ」

「なんだとぉ？　このヤロ減らず口を……」

「まあまあ、ジェフ。何もそんなに厳しくしなくても。カルラ、今の連携よかったよ」

「エリオ。お前、こいつを甘やかすなよ。すぐ、調子乗るぜ」

（とはいえ……）

ジェフはズタズタにされて倒れている『火竜（ファフニール）』の方をチラリと見る。

（型に嵌（はま）った時の破壊力は尋常じゃねーな。そこは認めざるを得ないか）

レオンはカルラの動きを見て苦笑した。

（まったくカルラの奴、1日経（た）たずしてエリオに合わせられるようになりやがった。こりゃ俺もうかうかしてらんねーな）

（だが、まだだ）

ロランはカルラを『ステータス鑑定』した。


【カルラ・グラツィアのステータス】

俊敏（アジリティ）：70（↑10）－80（↑10）↓120－130

（エリオの動きに合わせられるだけではまだ足りない。彼女のポテンシャルなら、ジルの動きにも合わせられるはず。それができるようになった時、『巨大な火竜（グラン・ファフニール）』をも倒す攻撃力を発揮することができるだろう）


『白狼（はくろう）』の面々は湖の辺（ほと）りで待機していた。

傍らでは多数の『火竜（ファフニール）』が羽を畳んで休んでいる。

ロドは『火竜（ファフニール）』の1匹に向かって『小鬼（ゴブリン）』の肉を放り投げた。

『火竜（ファフニール）』は投げつけられた肉片をバクリと咥（くわ）えると、手に持って貪る。

「よーし、よしよし。しっかり食べてその分働いてくれよ」

あたり一面にはすでに『小鬼（ゴブリン）』の肉片と骨が散らばっており、『火竜（ファフニール）』達は心地よさげにロドの『竜笛』の音色に聞き入っている。

『火竜（ファフニール）』の中には膨らんだ腹を満足げにさすったり、ゲップしたりしているものもいた。

「ロド。『火竜（ファフニール）』の様子はどうだ？」

偵察を終えて帰ってきたジャミルが尋ねた。

「ジャミル。いい感じに手懐（てなず）けてるぜ。これだけ前払いしとけば、いくら敵に『竜音』の使い手がいたとしても、そう簡単にはなびかないはずだ」

「そうか」

ジャミルは山の上方に目をやった。

大人数が採掘場で鉱石を切り出している様子がここからでもよく見える。

「『精霊（せいれい）の工廠（こうしょう）』は４つ目の採掘場を訪れたところだ。そろそろ鉱石の調達を終えて、アイテム袋は一杯になっているはず。降りてくる時を狙って、仕掛けるぞ」

「了解」

ロランVSジャミル

『精霊(せいれい)の工廠(こうしょう)』同盟が鉱石を調達し終えて山を降りようとしている頃、アイナは食堂で夕食をとっていた。

（ロランさんは今頃、鉱石の調達を終えている頃か）

それは盗賊(シーフ)達との戦いが始まることを意味した。

（ロランさん、大丈夫かな）

アイナが窓の外に見える『火山のダンジョン』を眺めながら、豆をつついていると、テーブルの向かい側に新人のルーリエが座った。

（おっと。夜勤組が来たか）

「こんばんは、アイナさん」

「こんばんは。ルーリエ。……って、えっ?」

アイナは向かいの席に座るルーリエを見ながら目をパチクリさせた。

というのも、彼女の姿がここに来た頃とは似ても似つかぬものだったからだ。

以前の彼女は血色が悪く、目の下には濃いクマができ、体調が悪いことが一目で分かった。

しかし、今、アイナの目の前にいる彼女は、目の下のクマがすっかり消え、ボサボサだった髪は艶めき、肌は瑞々しく潤って、別人のように生気がみなぎっていた。

「ルーリエ。どうしたの？　なんだか随分、肌の調子よくない？」

「はい。夜勤になって、お昼までグッスリ眠れるようになってから、みるみる体調がよくなって、お肌の調子まで復活しちゃいました」

「そ、そう。それは良かったわね」

「ええ。ほんと、ここに来てからいいことずくめです」

(夜遅くまで起きてた方が体調がよくなるなんて。変な娘)

アイナがルーリエと話していると、同じテーブルにメリンダがお盆をもってやって来る。

「失礼します」

彼女もすっかり顔色がよくなっていた。

寝不足で常にギラギラと見開かれて充血していた目は、適度に目蓋が被せられ、パチパチと瞬きを繰り返している。

乾いた眼球には潤いが戻り、白目の部分に蜘蛛の巣のように張っていた赤い線はすっかり鳴りを潜めていた。

今となっては、整った睫毛と切れ長の目が特徴的な落ち着いた美人である。

彼女はテーブルに座ると、右手で大皿に盛られた食事を口に運び、左手で書類を操り始めた。

「メリンダ。目の充血が消えてるじゃない。寝不足、解消できたんだね」

「ええ、おかげさまで」

メリンダは書類にペンを走らせながら答える。

「ねえ、メリンダ。食事の時くらいゆっくりしたら？　忙しい時期は過ぎたし、そんなに急いで仕事を片付けなくてもいいのよ？」

「いえ。このくらい働かないと眠れないんで」

「そ、そう」

「深夜に目が冴えちゃうんですよ。四六時中働いてないと」

（2人とも変わった娘）

アイナはため息を1つ吐くと再び窓の外に目をやった。

（ロランさん、早く帰ってこないかな）


100人分の鉱石採取クエストを終えたロランは、山を降り街に帰ることにした。

（さて、問題はここからだな）

帰りには盗賊達が待ち構えているはず。

この帰り道を無事に潜り抜けなければ、このダンジョンでクエストを達成したとはいえない。『白狼』の連中は前回してやられたと思って、復讐に燃えているはず。

おまけにこの大所帯。

彼らからすれば、こちらに打撃を与える絶好のチャンスだ。

『白狼』は必ず仕掛けてくる。

『精霊の工廠』同盟は周囲を警戒しながら、山を降りていった。


ロランの予想通り、盗賊達はすぐに仕掛けてきた。

曲がりくねった細い道において、崖の上からロラン達に向かって矢を浴びせてくる。

ロラン達はすぐ様盾を構えて防御態勢をとる。

ジャミルは崖の上の物陰から顔を覗かせて、『精霊の工廠』同盟の冒険者達を『ステータス鑑定』した。

【とある冒険者のステータス】
腕力：30－60
耐久力：30－50
俊敏：40－50
体力：40－80

(ククッ。流石のS級鑑定士様も部隊全員のステータスを調整することはできなかったようだな。冒険者によって練度にバラツキが見られるぜ)

ジャミルは冒険者1人1人を『ステータス鑑定』して練度の低い冒険者を特定していく。

(ステータスの乱れはパフォーマンスの乱れに繋がり、やがては精神の乱調へと繋がる。ステータス調整の甘い奴から順に攻撃していけば、自ずと恐慌を引き起こし、自壊するだろう)

「所定の位置につけ。敵がやって来たところに弓矢の雨を浴びせろ」

ロラン達が山道を進んでいると、にわかに崖の上に弓使いが沢山現れて矢を射掛けてきた。

「!! 盾隊展開しろ!」

ロランが命じると素早く盾隊が展開して、矢を防ぐ。

ジャミルはすでに罠を仕掛けていた。

この『弓射撃』の雨から逃れて山を下ることができる脇道が1つだけある。

その道の先には『火竜』を従えて待ち伏せするロドがいた。

ロラン達が降りしきる矢の雨から逃げてきたところを死角から『火竜』の『火の息』を吹きかけて、広範囲にダメージを与える狙いだ。

しかし、ロランは道の先に待ち伏せがいることを見抜いた。

そこでロランは弓使い達（アーチャー）に『弓射撃』で威嚇射撃を行うよう命じた上で、敵の『弓射撃』が止（や）んだ瞬間を狙い、部隊に来た道を順次引き返すよう命じた。

部隊員達は、ロラン指揮の下、ステータスの弱い者から順に射程外へと避難していく。

退却は稀（まれ）に見る秩序正しさで速やかに遂行された。

（何っ!?）

ジャミルは目を見張った。

「おい、あいつら引き上げていくぜ」

ザインが焦りながら言った。

（こちらの作戦が見抜かれたか？）

退却してゆく同盟にザインが『竜頭の籠手（ドラグーン）』を放つものの、彼らは少しも慌てふためかない。

「チッ。ロドを呼び戻せ。追いかけるぞ」

ジャミルは伏兵として潜ませていたロドと合流すると、急いでロラン達を追いかけた。

ロラン達はほどほどに進んだところで高所を選定して、陣を張り、野営の準備をした。

『白狼』が追いついた時には、すでにロラン達は防御態勢を整えており、どこからも攻撃できないように思えた。

しかし、高所の脇に通り抜けられる道が1本だけあった。

攻撃される恐れもない。

ジャミルは思案する。

（まだ、日が落ちるには早い。あの道から同盟をパスして先回りし、待ち伏せすれば封鎖できるか？　いや、待てよ）

「俺達も陣を張るぞ。あそこの高所を占拠しろ」

「えっ？　あ、ああ……」

「先回りしないのかよ？」

ロドとザインが意外そうにする。

「しない。今日の追撃は終わりだ。急いで野営の準備をしろ」

ジャミル達はロラン側から弓矢の届かない高所を占拠して野営の準備をする。

ロランはその様子を複雑そうに見ていた。

（先回りしてこない。気づかれたか）

一見、通り抜けられる道、その先にはロランが罠を張っていた。

茂みに隠れるように撒菱（まきびし）の罠を張り、弓使い（アーチャー）の1隊を伏兵として忍ばせていたのだ。

（かなり巧妙に罠を張ったつもりだったが……。これでも見抜かれる……か）

（危うく罠にかかるところだったぜ。島の外から来た奴で、ここまでこのダンジョンでの

戦い方を熟知している奴は初めてだ）

ロランとジャミルはこの数手のやり取りで、互いに相手の力量を読み取った。

（隙がない。やるな）

その後も『白狼』が『精霊の工廠』同盟を追いかけ、互いに罠を張っては見破るジリジリした展開が続いた。

ほぼ互角の戦いだったが、ロランの方が若干有利だった。

『白狼』はどうにか『精霊の工廠』同盟を消耗させたいが、なかなか有利なポジションに回り込めず、ロランに上手くかわされ続けていた。

いつもと違う展開に『白狼』の盗賊達は苛立ちを覚え始める。

「おい、ジャミル。いつになったら、あいつらを捕まえられるんだよ」

ロドは走りながらイライラした調子で言った。

「慌てるな。奴らは不安要素を抱えている。ステータスという不安要素をな」

「ステータス？」

「そう。奴らの部隊員のうち、少なくない人数がステータスに乱調をきたしている。こうして走っていればすぐに息を切らして……ステータス？」

（待てよ。そういえば奴らのステータス、俊敏の項目だけやけに振れ幅が少なかったような？）

全ての同盟参加者を鍛えるのは無理だと判断したロランは、せめて俊敏(アジリティ)だけでも全員調整することにした。

そのため、戦闘はともかく行軍に関しては通常と同じ速さでダンジョンを移動するよう要求し、俊敏(アジリティ)については全員誤差10以内に調整することに成功していた。

ゆえに、こうして逃げ回っている分には息切れすることもなく行軍することができた。

おまけにロランは麾下(きか)の弓使い(アーチャー)と盗賊(シーフ)を使って、後ろから追いかけてくる『白狼』に対し、『弓射撃』や『罠設置』を仕掛けたため、『白狼』の追撃は困難を極めた。

『白狼』の苛立ちは募るばかりであった。

流石のジャミルも焦りを覚え始めた。

(まずいな。このままだと、ジワジワ削られた上、敵を逃してしまう)

「……犠牲を出してでも敵の足を止めるか」

「敵が来る！　『盗賊(シーフ)』15名！」

野営できそうな場所までもう少し、というところでジェフが叫んだ。

(15名？)

ロランが近づいてくる敵を確認すると、確かに近接戦闘用の装備をした盗賊(シーフ)15名が近づいてくる。

ロランは不審に思った。

（たった15人でこちらの100名近い冒険者に近接戦闘を挑んでくるのか？　なりふり構わずこちらの足を止めたい？　それとも何か別の狙いが？）

ロランはもう一度自分達の位置と、目的地までの距離を確認する。

（野営予定地まであと少しだ。ここで多少時間を食ったとしても問題はない）

ロランは戦うことにした。

部隊の中でも選り抜きの強者でがっちりとかためて、敵部隊を迎え撃つ。

彼らは敵の盗賊部隊を迎え撃つと、あっさり優位に立った。

一方、敵の盗賊部隊は形勢が不利になってもなかなか撤退しなかった。

防御重視の態勢をとり、あからさまに戦闘を長引かせようとしてくる。

（やっぱり、敵の狙いは足止めか）

ロランは自分の読みが当たっていてホッとした。

これなら敵を倒したあと、さっさと陣地に引きこもれば、敵の追撃をやり過ごすことができるだろう。

そう考えて、ロランが戦闘の推移を見守ろうとしたところ、突然、様子を見ていた味方の1人が飛び出した。

それもウェインの作ったあまり耐久の高くない『火弾の盾』を身に付けている者だった。

（なにっ!?）

その男は敵に勇ましく挑みかかるものの、あっさり返り討ちにあう。

そして、盾は大破してしまう。

「ばっ。何してるんだ！」

ロランが叱責するも後の祭り。

その雑魚冒険者を返り討ちにした『白狼』の盗賊（シーフ）は、少しの間、ポカンとしていたものの、すぐに自分の得た情報の重要性に気づき、踵（きびす）を返して退却する。

ロランは急いで追撃を命じるも俊敏（アジリティ）の高い敵盗賊（シーフ）は逃げおおせてしまう。

「くそっ」

ロランは悔しそうに敵の逃げていった方を見るほかなかった。

危機の中で笑う

『精霊の工廠』同盟と『白狼』が熾烈な駆け引きを繰り広げている頃、港には客船が停泊していた。

その船は先ほど穏やかな旅を終えて錨を降ろしたところだったが、乗組員の1人である荷物下ろしのボーイは、乗客の荷物を下ろしながら、船旅が終わるのを名残惜しく感じていた。

今回の航海は、彼の船員人生の中でも一際楽しいものだったからだ。

その秘密は、同乗していたとある貴婦人にあった。

黒いとんがり帽子に黒い衣服、黒のニーソックスと全身黒ずくめの彼女は、『冒険者の街』から来た魔導師のようだった。

彼は彼女が呼び出し鈴を鳴らすたびに内心でウキウキしながら客室に駆けつけた。

彼の心が浮き立つのは、彼女が見目麗しく、すれ違えば振り向かずにはいられない艶やかな笑みを振りまいていたというのもあるが、それに加えて、その陽気な貴婦人はしがないボーイである彼にも気さくに話しかけてくれたからだ。

陽気で知的だが、どことなく小粋なところもある婦人だった。

彼女は毎日決まった時間に彼を呼び出して、いつしか彼はその時間がやってくるのを毎日心待ちにするようになっていた。

彼女に言付けられて、部屋へと飲み物を届ける時間は、過酷な船乗りの労役を忘れさせてくれる癒しの時間だった。

しかし、そんな楽しい時間もこれでおしまいである。

今後はまた、横柄な客、ドヤしてくる上司、退屈な肉体労働に身を粉にする日々が待っていた。

それを思うと、彼は婦人と過ごしたこの数日間の船旅を名残惜しく感じずにはいられないのであった。

ボーイが貴婦人との思い出に浸っていると、その当人である貴婦人が朗らかな笑みを浮かべながらやってきた。

その日も彼女はトレードマークである全身黒装束、黒のミニスカート、黒のニーソックス、黒いとんがり帽子を身に纏(まと)っていた。

「すみません。荷物を取りに来たのですが……、おや？　あなたはいつも飲み物を届けてくださった……」

「覚えていてくださいましたか」

ボーイは感激したように言った。

「ええ、もちろん。私が退屈している時、いつも話し相手になってくださった方ですもの」

「こうしてお別れするのが残念です。とても楽しい船旅でしたのに」

「また、きっとお会いできますわ」

彼女はウィンクした。

船員は不覚にもときめいてしまう。

「ええっと、お荷物は……これだけでよろしいですか？」

船員は頑丈そうな箒と何やらたくさんの荷物が入った袋を取り出して渡す。

「ええ、それだけです。時にお尋ねしたいのですが、『精霊の工廠』という錬金術ギルドがどちらにあるかご存じですか？」

「『精霊の工廠』……。ああ、最近この島にできた錬金術ギルドですね。街外れの食堂の裏側にくっついている工房があります。そこが『精霊の工廠』の本拠地ですよ」

ボーイは貴婦人のために詳しく道順を説明した。

「ありがとうございます」

「もしよければ郵送サービスをお呼びしましょうか？　お荷物重たいでしょう？」

「いえ、結構です。大体の位置と方角が分かればたどり着けますので……」

「しかし、結構遠いですよ？」

「大丈夫。私にはユニークスキルがありますから」

「ユニークスキル？」

ボーイが問い質す間もなく、黒装束の魔女は箒にまたがるとふわりと浮かび上がり、瞬く間に彼の手の届かない上空まで飛んで行ってしまう。

「船乗りさん。楽しい船旅をありがとう。それではまた会う日まで」

彼女は手を振りながら、飛んで行ってしまった。

船員は呆然としながらそれを見送る。

（ロランさん、元気にしているでしょうか）

リリアンヌは久しぶりに会いに行く恋人に胸を高鳴らせながら工房に向かって飛んで行った。

「何をしている。君は白兵戦には参加しないようにと言ったじゃないか」

「へへ。まあ、そう言うなよ。これだけ有利なんだから、そう目くじらを立てることはないだろう？」

盾を大破させた冒険者は、悪びれずに言った。

ロランは彼の胸ぐらを摑む。

「敵に耐久の低い装備を一部交えていることが露見してしまった。この責任を君が取れるのか？」

「うっ……」

　ロランは彼を手放すと部隊に野営地へ急ぐよう命じた。

（敵にこちらの脆弱性（ぜいじゃくせい）がバレた。どうする？　ジャミルは必ずこの弱点を突いてくるぞ）

　案の定、『白狼（はくろう）』は同盟の弱点を突いてきた。

『アイテム鑑定』のできる者とザインを組ませて、『竜頭の籠手（ドラグーン）』で狙い撃つ。

　同盟は部隊の脆弱な部分を補うため、行軍が遅くなってしまう。

　また『火弾の盾』に『竜頭の籠手（ドラグーン）』が被弾する。

　パトは歯痒（はがゆ）い思いをしながらその様を見ていた。

（また、『火弾の盾』を狙って……。やはり『白狼』は気づいている。『火弾の盾』が脆弱なのを……）

　パトは自分の中に怒りが込み上げてくるのを感じた。

　弱点を露呈した冒険者よりも、むしろウェインの方に怒りを覚える。

　同じ錬金術師として、ウェインの怠慢は見過ごせないものだった。

（ウェイン、分かっているのか？　君が要求通りのものを作らなかったせいでこんな状況になっているんだぞ。君がきちんと仕事してさえいれば……)

パトはウェインの方を見た。

ウェインは項垂れながら走っていた。

(ウェイン。一体どうしてしまったんだ君は。『竜の熾火』にいた頃は少なくともこんな手抜きはしなかったのに。まさか本当に腐ってしまったのか？　ロランさんは君のミスを必死でカバーしようとしているんだぞ。なのに……。何とも思わないのかよ。ウェイン！)

その後も『白狼』はネチネチと弱点を攻め続け、同盟を消耗させた。

そうして、ロラン達が高原に辿り着いた頃、『白狼』の白兵戦部隊も同盟の前に姿を晒し、決戦を挑む構えを見せる。

やむなくロランは反転して応じる。

(くっ、主力部隊のステータスが削られたこのタイミングで、決戦を……。しかも高原で……)

(今回は敵の事情が特殊だからな)

思惑通りの展開に持ち込んだジャミルは、注意深く敵の布陣を眺める。

耐久の低い装備をカバーするためになるべく『白狼』との激突を避けたかったロランだが、平地ではそうもいかない。

起伏のある細い道でなら、どうにか部隊の一部をカバーしながら進むことができたが、高原の広い平地では部隊を横に長く展開しなければならないため、部隊の弱い部分をカバーし切ることができなかった。

（起伏のある地形でヒット&アウェイを繰り返し、ジワジワ敵の体力を削っていく。それが本来の『白狼』のスタイルだ。だが、今回はあえて平地で決戦を仕掛ける！）

（これが『白狼』の真の姿か。あらゆる手段を用いて揺さぶりをかけ、弱みを見つけたら執拗にそこを突いてくる）

なす術もなく敵の要求通り、欠陥盾の装備者を戦列に並べたロランだが、それでも何か方策はないかと思案を巡らせ、最善を尽くそうとする。

（こちらの防御はほぼ確実に破られる。ならば、やられる前にやるしかない！）

「カルラ！」

「ん？　なんだ？　そんな大声で急に呼んで」

【回天剣舞の説明】

回転しながら剣技を放つことで、間合いと威力を伸ばす。

クラスが上がれば広範囲に斬撃を浴びせることができる。

（広範囲に斬撃を繰り出すユニークスキル『回天剣舞』なら……この状況を打破できるかもしれない）

「カルラ。基本戦術は訓練通りだ。エリオの後ろについて『影打ち』と飛び出しからの『剣技』。だが、もし敵の背後に回るチャンスがあれば『回天剣舞』を放つんだ」

「なるほど。分かった」

素っ気なく言うカルラの肩をロランはガシッと摑んだ。

「？　なんだよ？」

「こんな局面でプレッシャーをかけるようなこと言ってすまない。少し荷が重いかもしれないが、ここは君が頼りだ。頼むよ」

「？　ああ」

カルラはかけられた言葉の意図も分からないまま配置につく。

切り札を用意していたのは『白狼』の側も同じだった。

「おい。出番だぜお前ら」

ジャミルは最近加入したばかりの新人に声をかけた。

「ふー。やっと出番か」

斧槍（ハルバード）を持った長身大柄の男が言った。

「まったく。山道を走って、跳んだり跳ねたり、散々引きずり回しおって」

スピア持ちの肥（ふと）った中年男が言った。

「しかし、ようやく待ちに待った機会を摑むことができました。ロランに目にものを見せてくれましょう」

痩せた眼鏡の青年が言った。

彼らは一様に仮面やマスクをつけて顔を隠している。

ロドは彼らのことを胡散臭（うさんくさ）げに見ずにはいられないのであった。

「なぁ、ジャミル。本当にこいつらで大丈夫かよ？」

「大丈夫も何も、こういう時のためにこいつらを配下に加えたようなもんだろ」

「でも、見るからに怪しいぜ。どこの馬の骨とも分からねーし」

「だが、白兵戦力としての価値は本物だ」

【ギルバートのステータス】
腕力（パワー）：70－80
耐久力（タフネス）：70－80

【セバスタのステータス】
腕力(パワー)：70－100
耐久力(タフネス)：70－100

（ギルバートはBクラス相当の戦士(ウオーリアー)、セバスタはAクラス相当の戦士(ウオーリアー)と見ていいだろう。少しステータスの乱れは気になるが……）

「おい、ギルバート。まだ我々は顔を隠さなければならんのか？」

セバスタは脂肪の詰まった腹を揺らしながら不服そうに言った。

「まあ、そう焦るなって。ロランの奴(やつ)に姿を晒すのは、いつでもできる。そうだろ？」

（上手(うま)く『白狼』に紛れ込めたとはいえ、『竜の熾火』の奴らへの身分詐称行為が露見した以上、大っぴらに活動するのは得策じゃねぇ。『精霊(せいれい)の工廠(こうしょう)』と『竜の熾火』の間で俺の情報が共有されないとも限らないしな。今はまだ俺達が『白狼』に所属していること、関係者に知られないようにしねえと）

「2人とも、戦闘準備が整ったようですよ。我々も配置につきましょう」


戦端が開かれた。

『弓射撃』で勢いを削ごうとする同盟に対し、『白狼』は白兵戦を仕掛けるべく積極果敢に突撃してくる。

『白狼』の戦士が同盟の戦列の目と鼻の先まで近づいてきたので、弓使いが下がり、白兵戦が開始される。

『精霊の工廠』同盟がエリオの『盾突撃』を中心に敵の戦列を崩すのに対し、『白狼』の側も斧槍を持った戦士とスピアを持った戦士を中心にして突き崩していく。

戦いはほとんど互角に進むかに見えたが、同盟の陣営で盾が大破する者が現れ始め徐々に均衡が崩れていく。

同盟と『白狼』の戦いはしばらく続いたが、夕日が傾く頃にはお互い体力が尽きそうになったので、双方とも引き返した。

こうして互いに打撃を与えた同盟と『白狼』だったが、被害は同盟の方が大きかった。

粗悪な鎧はほとんどが破壊され、練度D・Eの者達が保有していた鉱石のほとんどが『白狼』の盗賊によって奪われてしまった。

『白狼』の方はというと、被害は限定的だった。

拡大する背後の被害に気を取られたエリオが、『盾突撃』の威力を十分に発揮できなかったためだ。

ロランは部隊の立て直しを余儀なくされた。

「ロラン。クレアとアリスが帰ってこない」

ハンスがすっかり憔悴（しょうすい）した様子で言ってきた。

クレアとアリスは崩壊する同盟を支えるべく、最後まで踏みとどまっていたため、敵に捕縛されてしまっていた。


【ハンス・ベルガモットのステータス】

俊敏（アジリティ）：30－80

（俊敏（アジリティ）が下がってる。クレアとアリスが捕虜にされたことで、メンタルが崩れたのか。今回、ハンスはもう使い物にならないな）

レオンも苦々しい表情を浮かべながらロランの下にやってくる。

「ロラン。こちらは30人以上が盾を大破させた上、致命傷を受けて戦闘不能だ。おまけに20人以上が敵の捕虜になっちまった。クエストはほとんど失敗したも同然だ。くそっ。まさかこんなことになるなんて。どうすればいいロラン？」

「ふー」

ロランは大きく息を吐いた。

（ウェインだけじゃない。エリオもハンスもまだまだ半人前。僕自身もそうだ。この重大

な局面で入ったばかりのカルラの覚醒に頼るなんて）

「ふふっ」

ロランは口元に笑みを浮かべた。

「……どうしたロラン？」

「いや、こんなピンチ久しぶりだなと思ってさ」

「お、おう」

ロランは眼光鋭く『白狼』の引き返していった方を睨んだ。

（今頃、『白狼』の奴らは僕達を上手いこと追い詰めたと思っているだろうな。だが、これしきのことで諦めたりしない。必ずこの窮地を脱して見せる）

強さの秘密

その日の仕事が一段落ついたアイナは、工房（アトリエ）の2階ベランダから『火山のダンジョン』の方を見ていた。

今頃ダンジョンで『白狼』と戦っているであろうロランのことについてぼんやりと考える。

そうして物思いに耽（ふけ）っていると、目の前に箒（ほうき）にまたがって空中に浮かぶ黒装束の魔女が現れる。

「ファッ!?」

「こんにちは。私は『魔法樹の守人』のギルド長、リリアンヌ・ルーシェ。あなたは『精霊（せいれい）の工廠（こうしょう）』の職員さんですよね？　ギルド長のロランさんはいらっしゃいますか？」

アイナは突然のことに驚きながらも、リリアンヌのことをマジマジと見る。

（また、見知らぬ美女がロランさんを訪ねてきた）

アイナが言葉を発しようとすると、突然、『火山のダンジョン』の方から、けたたましい物音が聞こえてきた。

金属の打ち鳴り合う音、怒号と悲鳴、そして魔法の爆発音らしきもの。

　リリアンヌは思わず振り返る。

「なんですか、この物々しい音は？　冒険者とモンスターの戦いにしてはやけに殺気立っているような……」

「ああ、あれは冒険者同士が戦っているんですよ」

「冒険者同士が？」

「ええ。初めてこの島に来られた方はみんな驚かれますね。この島では冒険者同士の戦闘が許可されているんです」

「まあ、そうなんですか？」

　リリアンヌは頬に片手を当てて上品に驚いて見せる。

「ええ。そうなんです。だから、ロランさんも今頃、あの物音の中にいるのかも……」

「えっ？　ロランさんが？」

　リリアンヌは思わず『火山のダンジョン』の方を見て、目を凝らす。

　2つの人だかりが激突する様子と剣の煌めきがかすかに見て取れたが、ここからでは戦闘の詳細は摑めなかった。

『白狼』に壊滅的ダメージを与えられたロランは、どうにか部隊を立て直そうとしていた。

（新規加入者はほとんどやられてしまった。だが、既存戦力は何としても死守する！）

ロランは気合を入れ直すように敵の引き返していった方向を一睨みすると、指示を出し始めた。

「レオン。今日の戦闘はここまでだ。この先に陣地化できそうな場所がある。今日はそこに閉じこもってやり過ごそう」

「お、おお」


その日はどうにか陣地に立て籠り安全を確保することができたものの、部隊の士気はどうしようもなく落ちていた。

冒険者達(たち)の間では厭戦(えんせん)気分が広がり、『白狼』に降伏した方が良いのではないかという論調が大勢を占めていた。

そのような雰囲気の中、ついにジェフがキレた。

「お前ら、足手纏(あしでまと)いのくせに言いたい放題言ってんじゃねーよ。元々はお前らの都合のいい要求を満たすためにこっちが付き合ってやってんだろーが！　ちょっと不利になった途端、降伏したいだと？　わがまま言うのも大概にしやがれ！」

「ジェフ落ち着け」

ロランがなだめる。

「くっ、でもよ。ロラン」

「今、味方同士で揉めたら敵の思う壺だ。ここは抑えて」

ジェフは苦い顔をしながらもしぶしぶ引き下がる。

しかし、そんなジェフの態度を見て、新規加入の冒険者達は口々に不満を言い始める。

「なんだよ。あいつ。一方的なこと言ってさ」

「エース気取りかよ。別にAクラス冒険者でもないくせに」

カルラはそれを見てため息をついた。

（あーあ、また始まったよ。実力者組と足引っ張り組の仲間割れが。セインもユガンもこれを収拾できずに破綻したんだ。この島で同盟を組むと結局こうなっちゃうんだな。ロランは今までの冒険者達とは違うと思っていたけれど、ここまでか？）

ウィルとラナも不安げに顔を曇らせていた。

「嫌な空気になってきましたねお兄様」

「うん。流石のロランといえども、これだけの非熟練冒険者をカバーするのには無理があったんだ。ロランもロランだよ。なんでこんな無茶な探索を決行したんだか」

「やっぱり付いてこない方がよかったんじゃないでしょうか？　今からでも……」

「ラナ、ロランには恩がある。彼にとってもここが踏ん張りどころだ。ここは同盟と艱難辛苦を共にして、ロランを支えることにしよう」

「……はい」

その後、ロランはギルド1つ1つを回って、降伏せず戦い続けるよう説得に回った。

とはいえ、厭戦気分に見舞われ、士気が低下した冒険者達を説き伏せるのは並大抵のことではなかった。

結局、その日は意見がまとまらず、結論は明日になってからということになった。

次の日、『精霊の工廠』同盟は陣地から出ることなく、土の壁の裏側にひたすら籠っていた。

ジャミルはロラン達が逃げられないよう下山する道を塞いで、敵が打って出てくるのをひたすら待っていた。

「なあ、ジャミル。こっちから攻めた方がいいんじゃねぇか?」

ロドが提案した。

「だめだ。敵の防御は固い。強襲に失敗して、こちらの態勢が崩れるようなことになれば、せっかくこれまで築いてきた優位を失いかねない。敵の思う壺だ」

「けどさ。このままじゃラチがあかないぜ」

「だめだ」

追い詰めてはいるものの、『白狼』にとっても難しい局面を迎えていた。

先の戦闘で捕虜を多数抱えすぎたため、今後、行軍スピードはどうしても鈍る上、捕虜を無下に扱うわけにもいかない。

上手く交渉すれば、彼らは『精霊の工廠』から身代金を取るための人質になるだろう。

ゆえに彼らにもポーションを与え続けなければならないが、戦いが長引けばこちらの方が先にポーションを切らしてしまうかもしれない。

一方で同盟側は打撃を被ったとはいえ、主力と精鋭を保持し、足手纏いが大量にいなくなり動きやすくなっているはずだった。

そんな中焦ってこちらから動き、ミスをすれば、足をすくわれかねない。

『白狼』としても慎重に事を運ばねばならない微妙な局面だった。

(何事も最後のツメが大事なんだよ。ここをミスると全てオジャンになる)

ジャミルは未だにロドが不機嫌そうな顔をしていることに気づいてククッと笑った。

「なに、追い詰められているのは敵の方さ。必ず敵の方から動いてくる。その時が奴らの最後さ。俺達はその時を待って仕留めればいい」

『白狼』の面々は、同盟が攻勢に出てくるのを今か今かと待ち構えていた。

すると、同盟の陣営から誰かがこちらにやって来るのが見える。

ついに決戦か、と緊張が走る『白狼』陣営だったが、こちらにやって来るのがたった1

人で、しかも捕虜として同盟側に捕縛された人物なのを見て、首を傾げた。

ジャミルは不可解に思いながらも彼に声をかける。

「止まれ！　おい、お前。同盟に捕まってた奴だろ。一体どうしたんだ？　脱走して来たのか？」

「ジャミル隊長！　私は降伏の使者としてやって来たのです」

「なんだと？」

ジャミルは彼を迎え入れて、事情を聞いた。

彼の話によると、同盟内では厭戦気分が広がっており、降伏したいグループとあくまで徹底抗戦しようとするグループで意見が分かれていた。

ロランはあくまで戦うことを主張しているが、同盟内の大多数がそんな隊長の強硬な態度に嫌気が差している。

白旗を持つ彼はそんな降伏組から秘密裏に送られてきた使者である。

降伏組はもうすでに戦意を失っていて、同盟から離反するつもりである。

自分達は頃合を見て脱走するつもりだ。

『白狼』が同盟の抗戦組を攻撃しても自分達は関知しないので、『白狼』の方でもどうか自分達のことを見逃していただけないだろうか？

「ふざけんなよ！」

　ロドはいきりたって言った。

「今さら降伏するから見逃して欲しいだぁ？　寝惚けてんじゃねーよ。こっちは圧倒的に有利なんだぞ？　この期に及んでそんな条件呑めるかよ」

「まあ、待てロド」

　ジャミルがなだめた。

「おい、まさかこんな条件呑む気かよ？」

「表向きはな」

「なに？」

「降伏組の条件を呑むフリをして、同盟を内部から崩壊させるんだよ。そうして仲間割れさせて、混乱したところを叩く。抗戦組さえ始末すれば、あとは戦う覚悟もない腰抜けばかり。煮るなり焼くなり好きに料理できる。いくらでも口実をもうけて裏切り、個別に狩ればいい」

「なるほど。まあ、そういうことなら」

「おい、お前。降伏組にこう伝えとけ」

　ジャミルは使者に返事を伝えた。

　降伏組は明朝に、陣地内で火をつける、荷物を荒らす、装備を奪うなどの騒乱を起こし、可能な限り同盟を攪乱した後、陣地を引き払うこと。

頃合を見て、『白狼(はくろう)』も同盟の陣地に攻勢を仕掛ける。

これらの条件を満たすのなら、降伏組については、見逃してやってもいい。

ジャミルは使者にそのように言付けて帰した。

しかし、ロランは明朝を待たずして、夜陰に紛れ陣地を明け払ってしまう。

ジャミルはもぬけの殻になった陣地を見て、ようやくロランに騙(だま)されたことに気づいた。

昨日、こちらに来た使者はロランの仕掛けた詐術だったのだ。

(ヤロォ)

「汚い真似(まね)しやがって。上等だ！　そんなに死にたいのなら、望み通りブチ殺してやるよ！」

『白狼』は急いで同盟の後を追った。

しかし、その日は『白狼』に追いつかれることなく同盟は陣地になりそうな場所に野営する。

『白狼』に回り込まれないよう、道を塞げる場所を選ぶのも忘れなかった。

『白狼』は同盟の陣地の後ろにピタリと付けて、圧迫する。

次の日、また追いかけっこが始まった。

ジャミルは追いかけながらも同盟のスキを窺(うかが)う。

（後手に回っちまったが、奴らは相変わらず逃げの一手。士気が下がっているのは間違いない。揺さぶればボロを出すはずだ）

ジャミルは俊足の強襲部隊を編成し、先行させて、同盟を足止めするよう命じる。

「敵の足止め部隊が来たぞ！　盗賊（シーフ）15名！」

ジェフが言った。

（こちらの士気が低いと見て、揺さぶりをかけてきたか。どうする？）

ロランが悩んでいると、ウィルが立ち止まった。

「お兄様？」

ウィルは『爆風魔法』で細い道に竜巻を発生させて、敵が通れないようにする。

「ウィル？　一体何を？」

「今、『白狼』に攻撃されるとまずい。そうだろ？　先に行くといい。ここは僕が食い止めておくから」

「そんな！　お兄様……」

「こんな風に魔法を発動し続けていれば当然、魔力はすぐなくなる。だから、早く行くんだ」

「イヤです。お兄様を置いてなんていけません」

「ラナ。君まで『白狼』に捕まったら、捕虜になった僕の身代金を払える人間がいなくなってしまうだろ？　君は逃げるんだ」

「でも……」

「さ、いい子だから」

ラナは断腸の思いでウィルから離れた。

「ロラン、妹を頼むよ」

「ウィル……。済まない。恩に着るよ」

ロラン達（たち）はウィルを残してその場を離れた。

やがて天に巻き上がる爆風は止（や）み、ウィルは『白狼』に捕らわれる。


足止めが失敗したことを聞いたジャミルは、舌打ちした。

（そうか。敵には攻撃魔導師がいたのか。しかし、まさか魔導師を捨て駒に使うとは）

ジャミルは気を取り直して、再度同盟を揺さぶる攻撃を仕掛けることにした。

（確かこの先はしばらく曲がりくねった道だ。高所からの射撃が有効だな）

ジャミルはザインと弓使い（アーチャー）部隊に命じて、高所に回り込み同盟を狙撃して敵の足を止めるように命じた。

ザインは弓使い（アーチャー）部隊を引き連れて、高所に陣取る。

少し遠かったが、同盟が細い道を行軍しているのが見えた。

ザインは彼らの進む先を『竜頭の籠手(ドラグーン)』で砲撃して威嚇する。

ロランは部隊に進み続けるよう命じたが、彼らは『竜頭の籠手(ドラグーン)』の砲撃を恐れて、進もうとしない。

（どうする？　このままだと『白狼』の本隊に追いつかれる）

パトは高所に陣取る敵を見上げる。

（あそこに戦士(ウォーリアー)を回り込ませるのは厳しいな。飛び道具での撃ち合いも難しい）

パトはしばらく敵のいる場所を睨(にら)んだ後、意を決したように背中の荷物をほどき始める。

（あれをやってみるか）

パトは竪琴(ハープ)を取り出して弾き始めた。

ニコラはパトの弾く音色を聞いて首を傾げた。

（……この禍々(まがまが)しい音は？　『竜音』とは違う？）

ロランもそのことに気づいた。

（まさか、パト、あれをやるのか？）

【竪琴(ハープ)のステータス】

特殊効果：『鬼音』C

（『鬼音』はまだ発展途上だ。せいぜい鬼族を暴走させることしかできない。けれどもこの状況なら……）

幸い、ザイン達の陣取る高所の一角に『小鬼（ゴブリン）』の1隊が潜んでいたようだった。

パトの奏でる『鬼音』に突き動かされた『小鬼（ゴブリン）』達はザイン達に襲いかかる。

白兵戦の用意をしていなかったザイン達は『小鬼（ゴブリン）』との戦いに手こずった。

その隙にロラン達は先へと進む。

「何？　『小鬼（ゴブリン）』を操る音色だと？」

ザインから送られてきた報告を聞いたジャミルは顔をしかめた。

「ええ、不思議な竪琴（ハープ）の音色が聞こえ始めた途端、『小鬼（ゴブリン）』達が怒り狂って襲ってきました。あれは竜族を操る『竜音』と同様、鬼族を音で操っているに違いありません」

ジャミルは軽くよろめいた。

（なんだよ、これ。こちらの狙いがことごとくかわされる。いや、それよりも！　なんでロランの陣営にはこんなにユニークスキルや新装備がポンポン出て来るんだよ。……スキル。まさかロランのスキル!?）

ジャミルは『スキル鑑定』と遠視を使える者を呼び出して、眼下で指揮しているロランを鑑定させる。

その『スキル鑑定』持ちはロランのスキル構成を見て絶句した。

【ロラン・ギルのスキル】

『スキル鑑定』：S

『ステータス鑑定』：A

『アイテム鑑定』：A

『育成』：A

「なんて奴だ……」

「おい、どうした？」

「奴の、ロランのスキルは３つの鑑定スキルがＡ以上。『スキル鑑定』についてはＳクラス。さらに『育成』Ａまで持っている」

「なん……だと？」

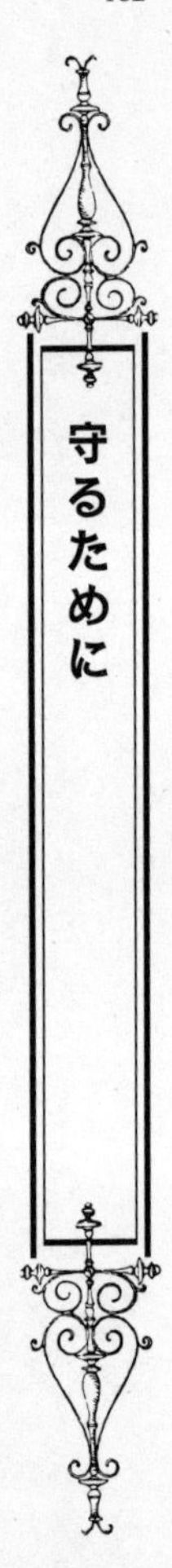

守るために

（ロランは指揮能力に優れているだけじゃない。奴は育成に特化した鑑定士。『スキル鑑定』S、『ステータス鑑定』A、『アイテム鑑定』A、『育成』A。このスキル構成なら理論上、いくらでもユニークスキル持ちやAクラス冒険者を発掘し、育てることができる。いや、すでにそうなりつつある。やはり俺の勘は正しかった。『精霊の工廠』同盟はここで叩いておかなければ。さもなくばいずれさらなる脅威となって『白狼』の前に立ちはだかるだろう）

しかし、そんなジャミルの決意とは裏腹に『白狼』は同盟を捕まえることができず、ついに裾野の森付近の高原までたどり着いてしまう。

好機と見たロランは程よいところまで『白狼』を誘い込むと、反転して布陣した。

「いいか。街まであと少し。これが最後の戦いだ。ここで敵に一撃を与え、追撃する能力を奪い、勝負を決めるぞ」

ロランはそう言って全員の士気を鼓舞すると、各員の配置を指示した。

「エリオ。君はとにかく『盾突撃』で敵の戦列を崩すこと。突入場所及びタイミングは君に任せる」

「分かった」

「ジェフ。『弓射撃』で敵の前衛を削った後『火竜（ファフニール）』が来ないようなら、セシルと一緒に退却戦の準備」

「おお」

「レオン。君はエリオの後ろについて、指揮をとってくれ。エリオの『盾突撃』を支援して守りつつ、戦果を拡大すること。戦況によっては君も斬り込んでいい」

「分かったぜ」

「セシル。君もエリオの支援だが、森での退却戦に備えて『罠設置（わな）』するだけの体力（スタミナ）は残しておくこと」

「はい！」

　ロランはエリオが前回のように後ろに気を取られないよう、右翼の背後に厚みを作っておくのも忘れなかった。

（右翼はこれでいい。問題は斧槍（ハルバード）の男とスピアの男が攻めてくるであろう左翼の方だな）

　カルラはロランが指示を出しているのを後ろから見ていた。

（あの総崩れの状態からまさかここまで持ち直すとは。やはりこいつは危険だ。今、ここで消しておかなければ）

　カルラはロランの背中に忍び寄りながら剣の柄（つか）に手をかける。

（やるなら今だ。ロランがこちらに背中を向けている今なら。今の私には『回天剣舞』がある。たとえ、青鎧（リフレクト・アーマー）を纏（まと）っていようとも同士討ちくらいには……）

「カルラ！」

「!!」

ロランが振り向いたので、カルラは慌てて剣の柄にかけていた手を離した。

「今回はエリオの後ろではなく、僕の後ろについてくれ」

「……お前の？」

「ああ、エリオは優秀な盾使いだが、戦術眼は微妙だ。敵の陽動に対処しきれない。勝負所で確実に君を投入するためにも、君は僕の後ろについていてくれ」

「……」

「敵で気を付けなければいけないのは、斧槍（ハルバード）とスピアの使い手だけだ。彼らが出てきた時、僕と一緒に行くよ。いいね？」

「なんで……、なんでお前は……」

「えっ？」

「……っ」

カルラはその後の言葉を続けることなく、踵（きびす）を返した。

同盟の足を止めようと先を急いでいた『白狼（はくろう）』は、高原で待ち構えているロラン達を見ると、慌てて自分達も戦闘態勢を整える。

(しまった。誘い込まれたか)

ジャミルはすぐに自分達がロランの術中にはまってしまったことに気づく。

(くっ。さっきまで逃げの一手だったのに、まさかここで仕掛けてくるとは)

同盟は弓使い(アーチャー)を前に並べて、後ろには戦士(ウォーリアー)を控えさせている。

準備万端でこちらを待ち構えているといったところか。

一方で、ジャミルの方はザインの合流が遅れており、万全の態勢とは言いがたかった。

それでもここで戦いを仕掛けなければ逃げられてしまう。

裾野の森に入れば、もう街まで1日とかからなかった。

(同盟の中核はまだ健在。ロランが二度と立ち上がれないよう、ここはなんとしてでも叩(たた)いておかなければ)

ジャミルは攻撃を仕掛けるよう命じた。

両軍が激突する。

盾を構えて突っ込んでくる『白狼』側の戦士(ウォーリアー)に、同盟側の弓使い(アーチャー)は『弓射撃』を浴びせる。

白兵戦に移るところで、エリオが『盾突撃』して、敵の戦列を崩した。

そこにレオン達が加勢して、こじ開けていく。

ジャミルは劣勢になっていく自軍を辛抱強く見守った。

やがて『盾突撃』の勢いが弱まり、攻撃のチャンスがやって来ると斧槍の男とスピアの男を投入する。

（来た！　２人の槍使い！）

ロランは２人の槍使いの現れた場所に素早く移動した。

後ろにはカルラがついて来ている。

【カルラ・グラッツィアのスキル】
『剣技』：B→A
『影打ち』：B→A

（おっと。『影打ち』の使い手か）

『スキル鑑定』Aで『影打ち』を察知したギルバートは、迂闊に敵へと近づかず距離を取った。

「何をしているギル！　さっさと仕掛けんか」

セバスタが後ろから急かした。

「ダンナ。気を付けろ。盾持ちの後ろに控えている盗賊、あいつは『影打ち』を使って来るぜ」

「む、そうなのか？」

セバスタも距離を取る。

ロランは敵と接触するべく距離を詰めた。

しかし、セバスタはさらに後ろに下がる。

（今だ。カルラ！）

ロランが屈んで合図を出すと、カルラはロランの肩を飛び越えスイッチし、前に飛び出した。

目にも留まらぬ速さでセバスタの懐に詰め寄る。

（へっ。スイッチしてきたか。だが、こいつのスキルは『剣技』Bのみ。セバスタのダンナなら、難なくいなして、反撃に……）

「はああっ」

カルラは『回天剣舞』を放った。

カルラの間合いと攻撃力は一時的に跳ね上がり、周囲一帯に斬撃を浴びせる。

（なにっ!?）

セバスタの槍と鎧はズタズタに引き裂かれ、近くにいたギルバートの得物も弾き飛ばされる。

（これはただの『剣技』じゃない。まさか、ユニークスキル!?）

【カルラ・グラツィアのユニークスキル】

『回天剣舞』：B（↑1）

（『回天剣舞』がBになった。この土壇場で広範囲に斬撃を浴びせる『回天剣舞』の真価を発揮したか）

「くそっ。計算外だぜ。仕切り直しだ」

ギルバートは斬撃を受けて、深傷を負ったセバスタを背負い、退却した。

戦いはそのまま同盟側が優位に進め、『白狼』を敗走させる。

ロラン達は深追いせず、その日のうちに街へと帰還すべく裾野の森へと侵入した。

ジャミルは部隊の再編を急いでいた。

かつてないほどの速さで進めていたが、それでもロランを追撃するには到底間に合いそうもない。

そこへザインが弓隊を引き連れてやってきた。

「すまん。遅れた。ジャミル、同盟の奴らは？」

「ザイン、奴を、ロランを追えっ」

「なに？」

「奴は、ロランだけは、必ずここで仕留めるんだ！」


ロラン達は森の中を走っていた。

先の戦闘で部隊は消耗しており、行軍は遅々として進まないが、森の奥深くまで進めば敵の索敵を撒くことができる。

（よし。いける。このままいけば街まで逃げ切ることが……）

「ロラン敵だ！」

背後を警戒していたジェフが言った。

「なにっ!?」

「『竜頭の籠手』を持ってる奴がいる」

（くっ、『白狼』の奴ら。最後まで苦しめてくれる）

地を揺らす砲撃音が森にこだました。

消耗した部隊に動揺が走る。

敵はもうすぐそこまで来ていた。

前にいるエリオとレオンを呼び戻すこともできなかった。

彼らには前方に現れるモンスターに対処するという役目がある。

「どうする？　ロラン」

「消耗していない戦士（ウォーリアー）を後ろに！　『青鎧（リフレクト・アーマー）』なら、『竜頭の籠手（ドラグーン）』の砲撃にも数発は耐えられるはずだ！」

しかし、殿（しんがり）を務めている者達は皆、『竜頭の籠手（ドラグーン）』を恐れて我先に前へ進もうとする。

まだ装備に余裕がある者も自分達の利益を優先して、背後に下がろうとしない。

このままでは消耗の激しい者が砲撃を受けて恐慌（パニック）に陥る恐れがあった。

（くっ、こうなったら……）

ロランは自ら最後尾に移って砲撃を受けることにした。

ザインはロランの姿を捉える。

「ふっ、わざわざ目標の方からこちらの前に来てくれるとは。ありがたいかぎりだぜ」

ザインは『竜頭の籠手（ドラグーン）』を放つ。

ロランは砲撃をモロに受けた。

「ぐああっ」

「ロランッ」

「来るな！」

　ロランは駆け寄ってこようとするジェフを制止して、よろめきながらも走り続ける。

「僕は大丈夫」

（こいつ、なんで……）

　カルラは最後尾近くでロランのことを見ながら走っていた。

「みんなで街まで帰るんだ。絶対に！」

（なんで、ここまで）

　カルラは目をギュッとつぶった。

（もう十分だろ。お前はもう十分このどうしようもない奴らのために働いただろ）

「守るんだ！　絶対に！」

（ようやく島民の意識も変わって、部隊を編成できるまでに成長したんだ。『精霊の工廠』も信頼を得て地元に根を下ろしつつある）

「ようやく灯ったこの火を……絶やさせはしない！」

　カルラはますます目を固くつぶる。

（お前も島の外から来た奴なんだろ？　この島の事情なんてお前には関係ないはずだ。切り捨てればいいだろ。これまでやって来た外の奴らと同じように……）

「目を開けろ。カルラ」

パトが言った。

「パト？」

「目を背けずによく見るんだ。この島の現実とS級鑑定士の姿を」

「……ロランを？」

「そう、ロランさんの戦う姿を、その目にしっかりと焼き付けておくんだ。何かを守るために戦うっていうのは、ああいうことだ！」

もう何度目かになる『竜頭の籠手（ドラグーン）』の砲撃がロランを襲う。

ロランの纏う鎧は粉々に砕け散った。

「がはっ」

ロランはその場にくず折れる。

しかし、ザインの砲撃もそこまでだった。

魔力切れである。

「ヤロォ。よくもロランを」

ロランが倒れるのを見て、たまらずジェフが反撃に出た。

無茶苦茶に矢を射（う）ちまくる。

砲撃音を聞いて、レオンもやってきた。

「くっ、ここまでか。撤退だ」

ザインの部隊は引き下がっていく。

「ロラン。立てるか？」

レオンが肩を貸しながらロランを助け起こした。

「う。敵は……、部隊はどうなってる？」

「敵は引き返した。部隊は無事だ」

「そうか。……街まで……、あと少し……、止まらずに行軍を……」

「もういい。もうしゃべるな。お前はよくやった。あとは俺達に任せろ」

レオンはロランに肩を貸しながら先に進む。


ウェインは俯きながら森の中を進んでいた。

周りの冒険者達は一様に暗い顔をしている。

（くそっ。俺のせいだってのかよ。けど、ロランだって……）

そうしていると、後ろから騒めきが聞こえてきた。

鎧を破壊されてグッタリとしたロランが、レオンに体を預けながら、かろうじて歩いている。

（ロラン!?　まさか……負傷したのか？）

ウェインは呆然とする。

「騒ぐな。ロランの怪我は大したことねぇ。そのまま進み続けろ!」

レオンがそう言って動揺をおさめる。

ウェインはそれを聞いて、かぶりを振った。

(んだよ、脅かしやがって)

ロランは意識を朦朧とさせながら、側を走る盗賊の1人が悪態を吐くのを聞いた。

「くそっ」

「なんだ? どうした?」

「この盾ダメだ。使いもんにならねぇ」

その盗賊は盾を投げ捨てた。

【『火弾の盾』のステータス】
耐久:2(↓28)

(ウェインの作った盾……。まだ残っていたのか)

ウェインは『精霊の工廠』の紋様が入った盾が地面に打ち捨てられるのを見て、立ち止まった。

(俺の……、俺の作った装備が……)

「何してる。足を止めるな」

側（そば）にいる冒険者に急（せ）かされて、ウェインは再び走り出す。

「くっ」

（チクショウ。俺は……何をやっているんだ）

ロランは薄れゆく意識の中、側を走るウェインの姿を見た。

ウェインは泣いていた。

（ウェイン……）

『精霊（せいれい）の工廠（こうしょう）』同盟はその日のうちに街へと帰還する。

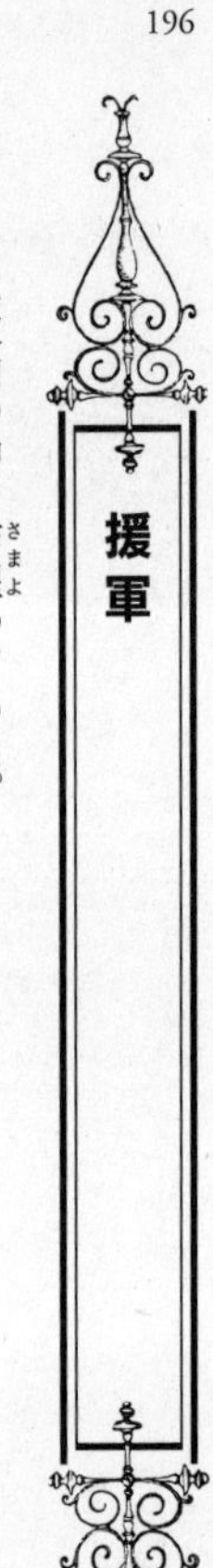

援軍

ロランは火山の中を彷徨(さまよ)っていた。

側を流れるマグマ。

空はオレンジと黒に染まっている。

『火竜(ファフニール)』が『火の息(ブレス)』を吐いて空を焼き尽くしたのだ。

突然、高所から矢が飛んで来て、後ろからは『白狼(はくろう)』の部隊が剣を煌(きら)めかせながら詰め寄って来る。

ロランは味方をかえりみた。

部隊は惨憺(さんたん)たる状態だった。

武器はボロボロ、足はくたくたで、みんな疲れ切った顔をしている。

どうにか部隊を守らなければ。

その一心でロランは必死に味方を鼓舞した。

しかし、味方の反応は鈍く惰性で前進を繰り返すのみで、剣すらまともに構えることもできない。

波のように寄せては返す『白狼』の変幻自在な攻撃の前に部隊は翻弄され、いいように蹂躙(じゅうりん)されていく。

　味方は1人また1人と倒れていき、やがて残っているのはロラン1人となった。

『白狼』の凶刃がロランの背中に迫りくる。

　ロランはベッドの上で目を覚ました。

　顔には滝のように汗が流れている。

　ロランが状況を摑(つか)めずに戸惑っていると、緑色の瞳をした女性が心配そうに覗(のぞ)き込んできた。

「ロランさん。起きたんですね」

「君は……リリィ？　どうしてここに。というかここは……」

　思わず辺りを見回す。

　そこは自分の部屋だった。

「ビックリしましたよ。ダンジョンから帰って来られたと聞いて、駆けつけましたのに。気を失ってらっしゃるんですもの」

　リリアンヌは絞ったタオルでロランの顔を拭きながら言った。

「ダンジョン……、僕は、部隊はダンジョンから生還することができたのか？」

「はい。レオンさんによると、ダンジョンから帰ってきた途端気が抜けたのか、意識を失ってしまったそうで」

「そうか。部隊は無事だったのか。あ、そうだ。『白狼』の捕虜になった人達は……」

「レオンさんを始めとした『暁の盾』の皆さんが、同盟を代表して交渉に当たっておられます。今のところ、特に問題なく進められていて、明日には捕虜となった人達も解放されるようですよ」

「そっか。問題は起きてないか」

ロランは安堵して力が抜けたようにベッドに身を横たえた。

「ええ。ですから、ロランさんはもう少しお休みになって……」

リリアンヌはそう言いかけたところでロランがまた眠っていることに気づいた。

うなされていた先程より幾分安らかな寝顔だった。

「ロランさん……」


ロランが目覚めている頃、捕まっていたアリス、クレア、ウィル達が、『白狼』から解放されていた。

捕虜の解放に関しては、『白狼』の担当者と同盟の臨時代表となったレオンによって、島の捕虜協定に則り、つつがなく履行された。

アリスは拘束具のせいですっかり凝り固まった手首を伸ばす。

「はあー。ようやく捕虜生活から解放された。体凝り固まっちゃったわよ、もう!」

「捕虜になったのは久しぶりですねぇ。ハンスの方は大丈夫かしら」

「うーん。どうかな。あいつ、打たれ弱いところあるからなぁ。同盟の足手纏いになってなきゃいいけど」

　アリスは難しい顔で兄の心配をする。

「おっ、噂をすれば迎えが来たようだよ」

　ウィルが向こうからやってくるラナとハンスを見ながら言った。

「アリス、クレア。無事か？」

「お兄様ー」

　ハンスはアリスとクレアの方に、ラナはウィルの方に駆け寄って無事を確認する。

「こっちは大丈夫よ。それより同盟はどうなったの？」

「なんとか崩壊することなく街まで帰ることができたよ。でも、よかった」

　彼らはしばらくの間、互いの無事を祝して喜びを分かち合った。

「そうか。ロランが倒れて」

「流石に無理し過ぎでしたもんね」

「ああ。僕も撤退戦ではあまり役に立てなかったし。目を覚ましたら、見舞いに行かなくてはね」

「でも、これから同盟はどうなるのかな」

アリスがポツリと呟くように言った。

「えっ？」

「だって、今回は実質失敗でしょ？　私達の損害はまだ軽微で済んでるけど、『精霊の工廠』の損失、バカにならないし……」

「錬金術ギルド主導の同盟も限界が見えちゃったわね」

「まさか『精霊の工廠』自体終わっちゃう……なんてことないわよね」

「それは……ロランに聞いてみないとなんとも……」

５人は一様に沈鬱な面持ちになる。

ロランが再び目を覚ましたのはもう夕方に近い頃だった。

「はい。あーん」

リリアンヌが切られたリンゴをロランの口に持っていく。

「リリィ。大丈夫だよ。体は動くし。そこまで気を遣わなくても」

「まぁいいじゃないですか。はい。あーん」

「むぐ」

ロランはやむを得ずリリアンヌの差し出してきた果物を口に含む。

「同盟の陣容見させていただきましたよ。部隊にはステータス調整もできていない貧弱な冒険者もいましたね。装備もボロボロ」

「うう」

「あなたらしくありませんね。こんな無茶をするなんて」

「この島の冒険者事情は一筋縄ではいかないんだ」

ロランはこの島の冒険者事情についてかいつまんで説明した。

「うーむ。なるほど。『冒険者の街』とは何もかも違うというわけですね」

「『冒険者の街』の方はどう？」

「思わしくありませんね」

リリアンヌは悩ましげにため息をついた。

「ロランさんが長期間、ギルドを不在にしていることが叩（たた）かれ始めています。『巨大な火竜（グラン・ファフニール）』討伐の下準備はいつまでかかるのかと」

「そうか」

「私もなるべくロランさんの立場を擁護しようと努めてきたのですが……。しかし、困りましたね。今回の訪問では、下準備の進捗を聞くとともに、期限を催促するつもりだったのですが、今の話を聞いた以上、無闇に結論を急ぐわけにもいきませんね」

リリアンヌは腕を組んで考え込む。

「そうだね。僕としてもきっちりした返答ができなくて心苦しい限りなんだけど」

ロランも顔に手を当てて、途方に暮れたような仕草をする。

「とはいえ、今回の件で、工房の錬金術師達もまだまだ未熟なことが露呈した。冒険者の育成に重点を移しても大丈夫かと思ったが、甘かったよ。あの『火弾の盾』を見る限り工房から目を離すのが早すぎたみたいだ。どうしたものか……」

「苦戦してるみたいですねロランさん」

ロランはかけられた声にハッとした。

（この声は……）

入口の方に目を向けるとロランのよく知る人物が立っていた。

「ランジュ!?」

後ろからひょこっとアーリエとチアルも顔を出す。

「『冒険者の街』でのお仕事が一段落したので……」

「応援に来ましたー！」

「ダンジョン探索についてはともかく、こと錬金術ギルドと工房運営に関しては俺達も力になれると思いますよ」

背中を押してくれる人

ウェインは朝から狂ったように鉄を打ち続けていた。

ここ数日、彼はずっとこの調子だった。

彼の脳裏にあるのは、ボロボロになって冒険者達によって打ち捨てられた盾。

（冒険者に装備を捨てられる。錬金術師にとってこれ以上の屈辱はねぇぜ。冒険者に見限られるほど装備の質を下げちまうとは。情けねえ。俺は一体いつからこんな腰抜けになった？　エドガーにはめられてからか？　アイナに負けてからか？　昔はもっと純粋にスペックの向上を目指していたはずだ）

ウェインは出来上がった盾を見て、すぐに脇に退けた。

「くそっ。ダメだ。こんなんじゃ。アイナはおろかエドガーにすら勝てやしねぇ」

すぐさま新しい盾を作り始める。

アイナとロディは呆気に取られながらウェインの様子を見ていた。

「ウェインの奴、一体どうしたんだ急に？」

「ダンジョンから帰ってきてから、ずっとあの調子よ。帰ってきた冒険者の装備はボロボロだし、ロランさんはぶっ倒れるし、ダンジョンで一体何があったんだか」

「しかし……一体何がやりたいんだあいつは？」

「さあ。私にはさっぱりだわ」

実際、傍目にはウェインが何がしたいのかよく分からなかった。

成形の様子を見る限り、Aクラスの盾を作っているように見えるが、それにしては鉄の量が足りなかった。

使っている鉄の品質もバラバラである。

盾を作っては壊しての繰り返しで、一向に目指す場所が見えてこない。

「みんな、おはよう」

「あ、ロランさん」

「もう大丈夫なんですか？　ダンジョンから帰るやいなや倒れたって聞きましたが……」

「うん。僕はもう大丈夫。心配かけてすまない。それよりもこの音は？　ウェインが作業しているのか」

「そうなんですよ。帰ってきてからずっとあの調子で。まるで何かに取り憑かれたように鉄を打ち続けているんです」

「熱心に作業するのはいいけど、鉄を無駄にしすぎだわ。あんなに出鱈目に盾ばかり作って。そろそろ注意しなきゃ」

「待って。アイナ」

「ロランさん？」

「ウェインの中の何かが変わろうとしている。ここは一つ見守ってみよう」

ロランはウェインの作った盾を鑑定してみた。

（一見、いい加減に作られているあれらの盾。だが、よく見れば一つのコンセプトを追求していることが分かる。それはスペック。なるべく少ない量の鉄で威力・耐久の高い装備を作ろうとしているんだ。あくなきステータスの探求。これがウェインの才能を開花させるスイッチだったのか）

ロランはウェインの様子を見た。

これまでのどこか気の抜けた様子と違い、必死の形相で鉄を打ち続けている。

（探索の最後で見せたあの涙。あれが嘘でないのなら、チャンスを与える価値はある）

ウェインは今日10個目になろうかという盾を作るものの、一向に満足いく出来のものは作れなかった。

また、新しい鉄を作業台に載せたところでようやく違和感に気づく。

（あ？　なんだこれ。鉄Cじゃねーか。くそっ。何をやってるんだ俺は。鉄の品質も見分けられねーほど鈍っちまったのか）

ウェインは気を取り直して、鉄Aを取りに行く。

鉄Aの札が付いている箱から、鉄を取り出して手触りを確かめる。

(だが、だんだん思い出してきたぜ、昔の感覚を。そうだ。昔から錬金術に集中している時は、感覚が鋭敏になって、手触りだけで金属の質が分かるくらいだった。俺はこんな基礎的なことすら忘れてたのかよ)

ウェインの感覚はどんどん鋭敏になっていった。

鉄の手触り、ハンマーから伝わってくる打撃の感触、鉄を打つ音、変化する色。

そうして出来上がった盾を確かめる。

それは確かに厚い装甲で、高威力の盾に違いなかった。

(だが、ダメだ)

ロランは盾のステータスを鑑定する。

【盾のステータス】
威力：90
耐久：30

(威力は高いが、耐久が低すぎる)

ロランはウェインの作った他の盾にも目を向ける。

それらはいずれも似たような問題を抱えていた。

（硬度を十分に高める前に成形するからこうなるんだ。さっきからこれの繰り返し。どうする？　口出しするか？）

ロランはウェインの様子を窺った。

ウェインも自分が同じことを繰り返していることに気づいていた。

（くそっ。どうして俺はこういつもいつも耐久を軽んじてしまうんだ。前回、耐久の低い盾を大量に作っちまったところじゃねーか）

ウェインはまた新しい鉄を取り出して盾を作り始める。

（硬度を十分高める前に成形するからこうなるんだ。もっと打ち込みを十分にして。確かアイナはもっとこう、速く、丁寧に叩いていたはずだ）

ウェインはアイナのフォームを思い出しながら、鉄を打っていく。

ロランもウェインが作業工程を修正したことに気づく。

（自力で気づいたか。もう少し見守っていよう）

そうしてついに盾が完成した。

【盾のステータス】
威力：80

耐久：80
重さ：80
（できた。間違いない。俺が今まで作ってきた中で最高傑作だ。……だが、なぜだ？）
ウェインは出来上がった盾を見て微かな違和感に囚われる。
（何かが足りない気がする。一体どうして……）
「そこでやめてしまうのか、ウェイン？」
ウェインはかけられた声にハッとして、振り返る。
（ロラン……。目を覚ましてたのか）
「その盾はまだ成形限界に達していないよ。なのにもうそこでやめてしまうのかい？」
「っ。誰がやめるなんて言った！」
ウェインは出来上がったかに見えた盾に向き直る。
（まだ、成形限界に達していない。だが、ここは『金属成形』じゃない。ここは……）
ウェインは切削用具を取り出す。
（ここは『魔石切削』だ！）
ウェインは切削用具を使って、盾の粗い部分を削り、ツルツルにしていく。
そうして、全ての余剰部分を削ぎ落とした時、盾に新たな光が宿った。

ロランは出来上がった盾を鑑定してみる。

【盾のステータス】
威力：80
耐久：80
重さ：60（↓20）

重さ60にもかかわらず、威力80耐久80。
それは通常ありえない現象だった。

【『魔石切削（カッティング）』の効果】
魔石を削ることで魔石の威力を高めることができる。
装備の威力を保持したまま余剰部分を削ぎ落とし、軽くすることができる。

【ウェイン・メルツァのスキル】
『金属成形』：A（↑1）
『魔石切削（カッティング）』：A（↑2）

（『魔石切削』の効果が追加されると共にAクラスになった。ついに覚醒したか）

ウェインは自分の中に走った感覚に慄いていた。

（なんだ今の感覚は。通常のスキルが向上する感覚とは明らかに違う。まるで二段階駆け上がるような……。これがロランのスキル？　『竜の熾火』にいた時はこんなことありえなかった。背中を押してくれる奴がいる。それだけでこんなにも成長速度が違うのかよ）

（見せてもらったよウェイン。君の成長を。同時に工房最大のウィークポイントも補われた。これでこの工房もようやく次の段階へと進むことができる）

「みんな、ちょっと来てくれ」

ロランの呼びかけに応じて、各々作業していた錬金術師達が集まってくる。

同時にランジュ、アーリエ、チアルも呼び寄せた。

「『精霊の工廠』本部から来た仲間を紹介するよ。ランジュ、アーリエ、チアルだ。彼らには今日からこの工房の仕事を手伝ってもらう」

ランジュの監督

アイナはランジュ達をマジマジと見た。

（この人達が本部の……）

ランジュもアーリエも歳（とし）は自分とそう変わらないように見えた。

チアルに至ってはまだ年端もいかない少女に見える。

「彼らは3人ともAクラス錬金術師だ。特にチアルはSクラス錬金術師。君達にとっても刺激になるはずだ」

「Sクラス？」

「あんな小さな子が……」

職員達の間で騒（ざわ）めきが起こる。

「ロディ」

「はい」

「チアルとアーリエに工房（アトリエ）内を案内してやってくれ」

「分かりました」

「アイナ。君は会議室に来てくれ。ランジュが気になることがあるらしい」

「は、はい」

「連絡事項は以上だ。それじゃみんなそれぞれ持ち場に戻ってくれ」

工員たちはそれぞれ持ち場に戻っていき、ロラン、ランジュ、アイナの3人は会議室へと向かった。


「よいしょ」

アイナは会議室の机に引っ張り出してきた書類を広げた。

「これがこの工房(アトリエ)の帳簿及び各種資料になります」

ランジュは書類に目を通す。

『工房管理(アトリエ)』Aのスキルを持つ彼には、書類に記載されている数字以上のものが見えた。

『金属成形』Aとユニークスキルを持っている錬金術師が1人、『製品設計』Aの錬金術師が1人、俊敏(アジリティ)の高い錬金術師が1人、ユニークスキル持ちが2人、夜勤の錬金術師が2人、それに……」

ランジュは書類から目を離してニッと笑う。

「……問題児が約1名。そんなとこですか？」

「ああ。ピッタリその通りだ。流石(さすが)だね」

アイナは目を丸くした。

（凄い。この人……ちょっと書類に目を通しただけで、工房の内情全部見抜いちゃった）

「しかし、このウェインて奴……」

ランジュは顔をしかめながら書類に目を戻した。

「なかなかやってくれますね。こんだけ無茶苦茶やって、バレないとでも思ってんのかな」

「それがどうしてなかなか厄介な奴でね。こっちの目を盗んで手抜きするのが上手いんだこれが」

「ははは。ロランさんにそこまで手を焼かせるとは、なかなかやりますね」

「笑い事じゃないよ。こっちはそれで死にそうになったんだから」

「まあ、でも、ロランさんがそれだけ固執するってことはやっぱポテンシャルはあるんでしょ？」

「うん。さっきようやく目覚めてくれたところだ」

ふとロランは苦笑いを止めて真顔になる。

「ランジュ、『巨大な火竜』を討伐するには、この工房をもう一段向上させる必要がある。手伝ってくれるかい？」

「分かりました。滞在期間中でどれだけやれるか分かりませんが、やれるだけやってみますよ」

「アイナ。君はなるべくランジュの側にいて、可能な限り技術を盗むんだ」

「は、はい。分かりました」

「おおー。これが『火槍』ですか」

チアルは鹵獲された『火槍』を見て、目をキラキラさせた。

「そうだよ。凄いだろ。カルテットの装備を鹵獲できたのなんて、ウチのギルドが初めてだよ」

ロディはチアルによく見えるように『火槍』を低い台に安置しながら言った。

「さすが、世界有数の錬金術ギルドが作っただけありますねぇ。見事な作品です」

ロディは微笑ましく思いながらチアルの言うことを聞いていた。

（Sクラスといっても、まだまだ子供だな）

ふとロディがチアルの方に目を戻すと、彼女はいつの間にか『火槍』の側から離れて、机の前に座り、紙に鉛筆を走らせていた。

「もう飽きてお絵かきか？　慌ただしい子だな。っ……!?」

ロディは彼女がお絵かきしているものを見て、言葉を詰まらせた。

チアルが描いているのは設計図だった。

武器の寸法、重さ、材料や製法まで完璧に解析されている。

（スキル『製品設計』……。それも相当ハイレベルだ。俺と同じAクラスか？）

「出来ました！」

チアルがロディに出来上がった設計図を掲げてみせる。

「流石に『竜の熾火』の作った装備だけありますね。随所に細かい工夫が見られます！

ただ……、これならウチの工房の方がもっといい製品を作れそうですね」

ロディはチアルの才覚に唖然とした。

「次は『竜頭の籠手』を見せてください！」


アーリエはリーナの精錬窯を訪れていた。

この2人はというと、お互いに物分かりのいい娘で、すぐに意気投合し、お互いのスキルに関することや互いの工房での立ち位置など身の上話をして、そこから一緒に仕事をする方法を探り、瞬く間に協力関係を構築してしまうのであった。


午後からはランジュが現場の監督に当たった。

彼は工房の中の人とモノの移動が効率よくできるよう、配置を変え、ペンキで線を引き、危険を排除して、製造ラインを改造し、仕事を回す仕組みを改良していく。

「ロディ。この設計図、この部分を変えればもっとコストを抑えられる」

「あ、ああ」

「アイズ。この作業はここの順番変えればもっと速くできるだろ」

「あ、なるほど」

「パト、『調律（チューニング）』部屋、この材質を壁に張り付けとけばよりはっきり音が聞こえるはずだから、壁張り替えとくぞ」

「は、はい」

「それとこの部屋、チアルも『精霊付加』に使うから午前と午後で2人使い分けってことでいいか？」

「分かりました」

「アーリエさん。鉱石倉庫の配置、本部の置き方の方がいいから、後でリーナと一緒に変えてもらっておいていいですか？」

「分かりました」

「ウェイン、なんだこの鉄屑（てつくず）は。こんなところに鉄屑なんて置いたらあぶねーだろ！」

「ぐっ。分かってるよ。いちいちでけー声出すな」

「なら、言われる前にやっとけ！」

工房（アトリエ）の者達はすぐに、ランジュがどんな手抜きも見逃さない管理者であることを悟った。

工房（アトリエ）にはいつになくピリッとした緊張感が漲（みなぎ）り、職員達は気を引き締めて作業に取りかかった。

（やはりランジュがいると空気が引き締まるな。程よい緊張感で工房（アトリエ）全体の空気が張り詰めているのが分かる。すぐさまこの工房（アトリエ）をもう一段階上のレベルに押し上げてくれるだろう）

ロランは工房（アトリエ）に訪れた変化に満足した。

リリアンヌは食堂で竜茶に口を付けながら言った。

「工房（アトリエ）の問題は解決に向かっているようですね。あら、このお茶美味（おい）しい」

「ああ。やっぱりランジュが居てくれると楽だよ。改めて思い知った」

「では、あとは冒険者の方々の育成を済ませるだけですね」

「そうなんだよ。ただこの島の連中が一筋縄ではいかなくてさ」

「ロランさんでもAクラスに出来ないことなんてあるんですね。資質はおありなんでしょう？」

「ああ。だが、問題は精神面だ。この島の冒険者は外から来る冒険者達にすっかり腰が引けて保身に走っている。『冒険者の街』では誰もがもっと野心にギラギラしていたんだけれど……」

「なるほど。精神面ですか」

「うん。これが本当に難しいんだ」

ロランは物憂げに外を見る。

リリアンヌは寂しげにロランの方を見た。

今回、彼女がこの島を訪れたのは、表向きロランの状況を視察するためだが、本当のところは久しぶりにロランに甘えられるのを期待してのことだった。

しかし、こうしていざロランに会いに来てみると、彼は忙しくて自分に構うどころではなさそうだった。

（ロランさん忙しそうですし、わがままを言って困らせてはいけません。我慢しないと）

しかし、そう思えば思うほど胸の中の寂しさはいやがおうでも増してゆくのであった。

ロランが工房（アトリエ）に戻ったところで、クエスト受付所からの使者が来た。

「やあ、ギルさん。探しましたよ」

「あなたはクエスト受付所の……。何かご用ですか？」

「先日のモニカ・ヴェルマーレのダブルA認定の件です。当受付所ではぜひモニカ様にお越しいただきたいと思っているのですが、ご本人が帰られてしまったじゃないですか。そこで本人に代わって書類の記載などをしてくださる方が必要なのですが……」

「ああ、それでしたら僕が……。あっ」

ロランは背中から冷ややかな殺気が向けられているのを感じた。

振り返るとリリアンヌがニコニコとこちらを見ている。

「ロランさん、どういうことですか？　モニカがこの島のクエスト受付所からダブルAを認定されるだなんて。休暇中のモニカを働かせたんですか？　ギルド長である私の許可もなく？」

「えっ？　いや、これはその……」

「しかもダブルAだなんて。Aクラスのクエストを？」

「いや違うんだ。Aクラスのモンスターを討伐したのは成り行きで。本来はただ地元ギルドの支援をするつもりで……」

リリアンヌは今度は膨れ顔になる。

「決めました。私もこの島のAクラスクエストに挑戦します」

「えっ？　君も？」

「そうです。当然、ロランさんも手伝ってくださいますよね？」

リリアンヌが有無を言わせぬ笑顔で圧をかけてくる。

「いや、でも、君にそんなことさせるわけには……」

「いいから！　つべこべ言わず私のためにAクラスのクエストを手配してくださーい！」

こうしてロランは急遽(きゅうきょ)リリアンヌのために部隊を編成することになるのであった。

陽動作戦

リリアンヌの要請を受けたロランは、急遽クエスト受付所に出向くことになった。

通された受付所の個室で、モンスターやアイテムについて記された紙束を漁(あさ)り、適当なクエストはないかと目を通していく。

（リリィのスキル『雷撃』と『浮遊』を活(い)かせるAクラスクエストとなれば……、これだな。Aクラスモンスター『洪水を起こす竜(フラッド・ドラゴン)』）

Aクラスモンスター『洪水を起こす竜(フラッド・ドラゴン)』は、『湖への道(レイク・ルート)』の終点の湖に棲息(せいそく)する水竜型モンスターだ。

月に1度くらいの頻度で出現し、洪水を起こしては、街に被害を及ぼしていたが、主要な採掘場のあるルートからは外れた『湖への道(レイク・ルート)』の先の湖に棲息していることから、外から来た冒険者ギルドには無視され続け、住民からの討伐して欲しいという多数の要望にもかかわらず、放置され続けていた。

今となっては住民達(たち)もさじを投げており、毎月のようにやってくる洪水をどうにか耐え忍ぶことでやり過ごしていた。

（外から来た冒険者によっても対処されないAクラスモンスター。これを『精霊(せいれい)の工廠(こうしょう)』

が討伐することができれば、地元住民からの尊敬と称賛を一身に受けることができるだろう）

ロランは『洪水を起こす竜』の資料を受け取ると、クエスト受付所を後にした。

（リリィ用のAクラスクエストはこれでいい。あとは『白狼』対策だな）

翌日、街には大量のビラが配られた。

ビラには以下のように書かれていた。

『精霊の工廠』が再び大規模な同盟を組んで、ダンジョン攻略を目指すこと。

ついては同盟に加わる冒険者を募集するので、我こそはと思う冒険者は、『精霊の工廠』まで問い合わせるように。

そのビラを見た街の人々は、随分景気のいいことだと嘆じたし、零細冒険者ギルドはこの降って湧いたような特需に歓喜した。

このように大々的な同盟ギルドの募集に『竜の熾火』と『白狼』も反応し、同盟のクエスト達成を阻まんと動き出した。

『竜の熾火』では、『精霊の工廠』のこの動きに対抗すべく、ギルドの主だった面々が会議室に集まっていた。

「『精霊の工廠』が新たに同盟を結成する動きを見せた。我々『竜の熾火』としてもこの動きを黙って見過ごすわけにはいかん。対抗措置を講じる必要がある。さて、その内容だが……、エドガー。例の案を述べろ」

「ウス」

エドガーが起立して、書類片手に自らの立案した作戦を述べる。

「これまで我々が『精霊の工廠』に対して、幾度も戦いを挑んだにもかかわらず、芳しい成果を上げられなかったのはなぜか。それはひとえに我々が錬金術ギルドであるにもかかわらず、ダンジョン内での冒険者同士の戦闘に関与しすぎたから、すなわち自分達の得意分野を見誤るという愚挙を犯したからに他なりません。そこで、今回の『精霊の工廠』対策においてはダンジョン内での戦闘は控える形で行おうと思います」

「ダンジョン内での戦闘は控える？　だが、それじゃどうやって『精霊の工廠』に打撃を与えるんだ？」

ラウルが訝しげに言った。

「まあ、そう慌てなさんなって。今から、順を追って説明するから」

エドガーは黒板に図を描きながら説明を続けた。

「現在の『精霊の工廠』の戦略は基本的に外部冒険者ギルドとの競合は避け、『湖への道』の採掘場を狙い鉱石を獲得するというものです。前回の探索では、『火口への道』の採掘場を狙いましたが、『白狼』によって少なからぬダメージを受け、収益としてはよくてトントンと言ったところでしょう。しばらくの間は、『火口への道(クレーター・ルート)』に手を出さないはず。そこで、我々『竜の熾火』としましては、この『湖への道(レイク・ルート)』、ここの採掘場を押さえることに注力したいと思います。この採掘場の鉱石を全て、とはいかなくても大部分を押さえてしまえば、『精霊の工廠』の鉱石調達ルートを枯渇させ、干上がらせることができる、というわけです。これなら我々は得意分野である錬金術と冒険者支援に徹しつつ『精霊の工廠』に打撃を与えられるというわけです」

「おお！」

「なるほど。これなら直接戦闘をしなくとも『精霊の工廠』に打撃を与えることができますね」

会議室ではエドガーの立てた作戦に少なからぬ感嘆の声が上がった。

ラウルも腕を組んで難しい顔をしながらも、内心で舌を巻いた。

（なるほど。単純だが、よく考えられた案だ。だが、なぜだろう、不安に感じるのは。何か大事なことを見落としているような……）

ともあれ、エドガーの案は全会一致で採択され、『精霊の工廠』同盟に対抗すべく、『竜の熾火』同盟が発足され、工房(アトリエ)ではそのための装備が製造された。

そうして、『精霊の工廠』同盟がダンジョン探索に向かう当日。

広場には夥しい数の冒険者達が集まっていた。

『白狼』の盗賊達はその様子を遠巻きに眺めていた。

彼らもこの日に合わせるべく急いで準備してきたのだ。

「『精霊の工廠』の奴ら、あれだけ痛めつけられておきながら、まだこれだけの同盟を組む体力を残してやがったのか」

「この大規模な兵力、やはり狙いは『火口への道』の大規模採掘場か？　いや、そうに違いない」

「ええい。『精霊の工廠』がこれだけ大っぴらに動いてるっていうのに、『竜の熾火』の奴らは何をしている！　分かってんのか？　『精霊の工廠』が成長して一番困るのはあいつらなんだぞ」

ジャミル達は今回の『精霊の工廠』同盟を挫くに当たって、『竜の熾火』に協力を要請していた。

しかし、『竜の熾火』からはいまだになんの返事もこない。

「あ、『竜の熾火』への伝令役が帰って来たぜ」

「おお、来たか。おい、『竜の熾火』の奴らなんて言ってた？」

「『精霊の工廠』同盟は『湖への道』に行くと思われる。我々は『湖への道』の主要な鉱石を枯渇させるべく『竜の熾火』同盟を発足した。『白狼』は『竜の熾火』同盟を支援しつつ、『精霊の工廠（せいれいのこうしょう）』同盟の妨害をするように、とのことです」

ジャミル達はしばらく無言で顔を見合わせた。

「やっぱダメだぜ。『竜の熾火』の奴ら。あいつら何も分かっちゃいねえ」

「こんだけ大規模な同盟なのに、『湖への道（レイク・ルート）』なわけねえだろ。絶対『火口への道（クレーター・ルート）』だよ。でなきゃ採算が取れねえ」

「あいつらダンジョン探索のこと、何にも分かってねえんだよ」

「どうせエドガーだろこんな作戦立てたの。あの出しゃばり野郎が」

「『竜の熾火』からの援護は期待できそうもないな。仕方ない。ここは俺達だけで『精霊（せいれい）の工廠（こうしょう）』を叩（たた）くぞ！」

しかし、今回ばかりはエドガーの見立てが正しかった。

集められた大多数の冒険者達は、『白狼』を引き付けるための囮（おとり）だった。

彼らはロランに言い含められていた通り、強力なモンスターの出現しない裾野の森を当てもなくうろついただけで、やがて街へと引き返した。

そうして『白狼』が陽動に引っかかっているうちに、ロランとリリアンヌは『暁の盾』など同盟の主力部隊と共に悠々と『湖への道（レイク・ルート）』を通ってAクラスモンスター『洪水を起こす竜（フラッド・ドラゴン）』の下へと向かうのであった。

雷撃との連携

「このダンジョンで気をつけるべきモンスターは2種族」

　ロランは部隊を率いながら、リリアンヌにダンジョンのあらましについてレクチャーした。

「1つは岩石族。頑強な岩石を身に纏う彼らは通常のモンスターより防御力がはるかに高い」

「ふむふむ」

「そしてもう1種族が竜族。空を飛びながら『火の息』で攻撃してくる彼らは強力な飛行ユニットだ。『浮遊』を使える君といえども手こずることになるだろう」

「なるほど。それは厄介な相手ですね」

「うん。もし『火竜』に部隊の上空に来られたら、君の『雷撃』はほとんど無力化される」

「『雷撃』は下方向にしか撃てないから、部隊を巻き添えにしてしまいますものね」

「さて、ここで問題だが、『火竜』に部隊の上を取られないようにするためにはどうすればいいと思う?」

「上空に来られる前に倒してしまう……でしょうか？」

「うん。正解だ。敵に見つかるより早く、敵を見つける。そのためにも、索敵能力の優れた弓使い（アーチャー）と連携する必要がある。おっと、噂（うわさ）をすれば。クレアが『火竜（ファフニール）』を見つけたみたいだ」

前方少し離れた場所から空に向かって矢が撃たれている。

『火竜（ファフニール）』を含むモンスターの1隊が近づいて来ている、という合図だった。

「リリィ。とりあえず『火竜（ファフニール）』と戦ってみてごらん。援護するから」

「分かりました！」

リリアンヌは箒（ほうき）に乗って、上空に浮かび上がる。

部隊には騒（ざわ）めきが広がった。

「いや、驚いた。本当に空を飛んでいる」

レオンがたまげたように言った。

「さて、レオン、エリオ。リリィと一緒に戦う時の心得だが、彼女は『浮遊』、『雷撃』という強力なスキルを持っているものの、着地の際は隙が出やすい。そこで、レオン、君は戦いを指揮しながら彼女の着地点を確保するよう気を付けてくれ」

「分かった」

「エリオ。君は防御重視で『盾突撃』は控えるように。今回はリリィの『雷撃』を中心に攻撃を組み立てる」

「うん。分かった」

「ウィル、ラナ。君達にはいずれ後衛のリーダーになってもらう。Aクラス魔導師である
リリィの立ち回りをよく見ていて。参考にするように」

「オーケー」

「分かりましたわ」


リリアンヌがクレアの合図した方に飛んで行くと、すぐに2体の『火竜』に遭遇する。

1体の『火竜』はリリアンヌを見るや否や、口を大きく開けて『火の息』を吐き出した。

リリアンヌは迫り来る火炎をヒョイと避けて、『火竜』の上空にポジションを取ると、
杖の先を光らせた。

雷鳴が轟いて、黒こげになった『火竜』は真っ逆さまに墜落する。

（まずは1匹。さて、もう1匹は……）

もう1匹の『火竜』は、リリアンヌの『雷撃』を警戒しているのか、距離を取ってきた。

リリアンヌは『火竜』の上空にポジションを取ろうとしたが、『火竜』はそれを許して
はくれなかった。

（ううむ。俊敏が高いですね。上を取れない。さりとて、このまま放っておいては部隊の

上空を取られて、『雷撃』を封じられてしまいます。どうしたものか)

リリアンヌはロランの方に視線を送った。

ロランはそれだけで彼女の意図を察する。

「ジェフ。リリィを援護してやってくれ」

「よし。分かったぜ」

ジェフは『火竜』の死角に入り込み、『弓射撃』で攻撃した。

怒った『火竜』はジェフの方に突っ込んでいく。

ジェフは『火竜』を引き付けながら走る。

(隙あり!)

リリアンヌは素早く『火竜』の上を取って、『雷撃』を放った。

『火竜』はあえなく墜落する。

『火竜』を仕留めたのを確認すると、リリアンヌはジェフのすぐ横につけて飛んだ。

「ジェフ、ありがとう。助かりました」

「おう。囮の動き、あんな感じでいいか?」

「ええ。バッチリでしたよ」

(さて、まだ魔力も残っていますし。もう少し戦いますか)

地上でも戦いが始まっていた。

ロランが部隊を展開して、鬼族と狼族の混成部隊を相手に戦っているところだった。

ロラン達が『小鬼』や『大鬼』といったお馴染みのモンスター達と戦っていると、背後から一際大きなモンスターがぬうっと現れた。

「あれは？」

「『岩肌の大鬼』だ！」

部隊の間に騒めきが広がる。

「任せろ。俺が行く！」

エリオが言った。

「よし。スイッチだエリオ」

レオンがエリオのいた場所の穴を埋め、流れるようにスイッチした。

攻撃力の高いモンスターが現れれば、エリオが対処する、というのはこの部隊での最も基本的な約束事だった。

エリオが『岩肌の大鬼』の体当たりを受け止めていると、視界の端にリリアンヌの姿がチラリと見えた。

（リリアンヌ？）

「エリオ、『岩肌の大鬼』に『盾突撃』してください」

エリオはリリアンヌの言う通り『盾突撃』した。

『岩肌の大鬼』が弾かれて、一瞬動きを止める。

その瞬間を狙って、すかさずリリアンヌは『岩肌の大鬼』の上空に滑り込み、『雷撃』を喰らわせる。

全身雷に打たれた『岩肌の大鬼』は、あえなくその場にくず折れる。

（い、一撃かよ）

エリオはあんぐりする。

「さあ、皆さん。最も厄介な敵は倒しました。あと一息ですよ」

リリアンヌにそう鼓舞された部隊は、一層勇気づけられて、敵のモンスターに躍りかかっていった。

リリアンヌは勝負がほとんど決まったのを見届けると、ロランの用意しておいてくれた着地点に向かった。

ロランは油断なく全軍に目配せして、みんなの戦いを見守っていた。

「ふむ。やはりロランさんが指揮してくれると安心しますね」

「リリィ。君こそ立派な戦いぶりだよ。流石だね。今日、加わったとは思えない馴染みっぷりだ。ジェフやエリオと綺麗に連携して、まるでずっと昔からこの部隊にいたみたいだ」

ロランはリリアンヌの手を取って着地を手伝いながら言った。

「んふふ。ありがとうございます」

リリアンヌはそう言いながらも、心配そうにロランの横顔を見る。

（戦術眼の高い弓使い、大黒柱の盾使い、指揮能力の高い剣士。部隊の全体的な練度も高い。Ａクラス冒険者がいないことを除けば、『魔法樹の守人』の主力部隊にも十分匹敵するのに。これだけの戦力を揃えても勝ち切れないなんて……。ロランさんの戦っている『白狼』というギルド、本当に手強いんですね）

『精霊の工廠』同盟はリリアンヌのおかげもあって破竹の勢いでダンジョンを進んだ。

やがて『洪水を起こす竜』の棲む終点の湖に辿り着く。

『洪水を起こす竜(フラッド・ドラゴン)』

終点の湖を見たリリアンヌは、その美しさに息を呑(の)んだ。

(わあ。綺麗)

絶え間ない火山活動によって形成された窪地(くぼち)。

その窪地に張られた巨大な湖は絶景で、観(み)る者を圧倒する壮大な眺めだった。

透き通るような水面には、外輪山がくっきりと映っている。

リリアンヌはここに来た目的も忘れて、うっとりと見惚(みと)れてしまう。

「みんな景色に見惚れてる場合じゃないよ。『洪水を起こす竜(フラッド・ドラゴン)』はもうすぐそこだぞ」

リリアンヌはロランの言葉にハッとした。

(いけない、いけない。美しい湖についつい見惚れてしまいました。これからいよいよ『洪水を起こす竜(フラッド・ドラゴン)』との戦闘です。気を引き締めなければ)

「ロランさん。『洪水を起こす竜(フラッド・ドラゴン)』の情報を」

「うん。ほとんどの竜族がトカゲ型なのに対して、『洪水を起こす竜(フラッド・ドラゴン)』はヘビ型だ。長い胴体を持ち、ヒレを使って水中を泳ぐ。攻撃手段は主に高出力の水を噴射する『爆流魔法』」

「水の中に棲むモンスターですか。厄介ですね」

「敵からの攻撃はスキル『浮遊』でかわせるとして、問題はこちらからどう攻撃するかだ。水竜型モンスターを攻撃するのは難しい。水の中に潜られれば、攻撃する手段はほとんどなくなるからね。そこでこれを」

「あら？　なんですかこれ？」

　リリアンヌはロランから差し出された見慣れぬ武器を見て首を傾（かし）げた。

　それは刃先に赤い『外装強化（コーティング）』の施された銛（もり）だった。

「これは特殊効果『貫通』の付与された銛だ。水を貫いて、水中奥深くにいる獲物を仕留めることができる」

　試しにロランが『赤い銛』を湖に落とすと、銛は水を弾きながら垂直に落下して、水底に突き刺さる。

「なるほど。これなら水中の『洪水を起こす竜（フラッド・ドラゴン）』も倒せそうですね」

「うん。君の『浮遊』も合わせて、上空から落とせばさらに威力は増すだろう。攻撃は全て君に一任する。それでいいね？」

「はい。任せてください」

「よし。それじゃ、行っておいで」

　リリアンヌは『赤い銛』が10本ほど入った筒を背負うと、箒に跨（また）がって、湖の中心へと飛び立っていった。

「レオン。僕達はリリアンヌのために着地点の確保だ。『洪水を起こす竜(フラッド・ドラゴン)』は湖の水位を上げてくる。高所の占拠及び『地殻魔法』での足場固めを頼む」

「分かったぜ」

レオンは早速、ラナと共に陣地構築に取り掛かった。

「エリオ、ハンス、ウィルちょっと来てくれ」

ロランは3人を少し離れたところへと連れて行った。

「エリオ。ハンス。ウィル。君達もメキメキと実力を付けてきて、優秀な盾使い、弓使い(アーチャー)、攻撃魔導師になった。今では『精霊の工廠(せいれいのこうしょう)』同盟になくてはならない存在と言えるだろう。だが、Aクラスになるためにはまだ足りないものがある。Aクラス冒険者にあって、君達にないもの。なんだと思う?」

「うーん。やっぱりスキルとかステータスかな」

「知識や経験?」

「そうだね。もちろんそれらも大事だ。だが、今の君達に一番必要なのはそういうものじゃない。Aクラス冒険者にあって、君達に足りないもの。それは傲慢さだ」

「傲慢さ……?」

「そう。これまでに島の外から来たAクラス冒険者達のことを思い出して欲しい。『魔導院の守護者』のセイン、『三日月の騎士』のユガン、『魔法樹の守人』のモニカ。いずれもスキルとステータスが並外れているだけでなく、自惚れにも近い強烈な自負心と、飽くなき野心、そして自分の力に対する絶対の自信があったはずだ。一方でこの島の冒険者は財政やスキル、装備の基盤が脆弱なためか、極端に実利的で安全策をとる傾向がある。実利を追求し、安全策をとるのも大事だが、その結果小さくまとまることを選びがちだ。それがこの島でなかなかAクラス冒険者が生まれない要因になっている。自分の仕事をきっちりこなす。それも大事だが、それだけではBクラス止まり。Aクラスになるには、それ以上のものが必要なんだ」

「それ以上のもの……」

「Aクラス冒険者が必要とされるのは例外なく危険かつ重要な場面。その肩にのしかかる責任は重い。自分が失敗すれば、部隊を危機に陥れかねない。そんな場面で部隊を引っ張り、勝負の行方を左右する、決定的な働きをしなければならない。そのためには傲慢にも似た強靭な精神力が求められる」

エリオとハンス、ウィルはロランの要求の高さ、Aクラスの凄みにゴクリと喉を鳴らした。

「『精霊の工廠』同盟は今後ますます厳しい状況に置かれることになる。『竜の熾火』と『白狼』のマークは厳しくなる一方だ。『巨大な火竜』が活発になる時期が近づいてきて、外部からの冒険者もやってくる。君達に求められる要求も高くなっていくだろう」

ロランは上空を飛んでいるリリアンヌの方を仰ぎ見た。

「リリィはAクラスに必要なもの全てを兼ね備えた冒険者だ。彼女の戦い方をよく見て……」

「ロラン、大変だ」

周囲の索敵から帰ってきたジェフが、慌てた様子で駆け寄って来る。

「ジェフ。どうしたんだい？」

「『竜の熾火』の雇った冒険者と思しき奴らが近づいてくる」

「なんだって？　兵装は？」

「装備もそれなりに充実してる。こっちを本気で潰すつもりだぜ」

（あれだけ完膚なきまでに破ったにもかかわらず、まだ戦いを仕掛けてくるのか。だが、それにしては妙だな）

「ジェフ。彼らは何か特殊な装備を身に付けていたかい？　『竜頭の籠手』とか、『火槍』とか」

「えっ？　いや、特にそういった装備は見られなかったな」

「そうか……」

（こちらの装備を叩くことが目的じゃない？　だとしたら……）

「それよりどうするんだ？ 『洪水を起こす竜（フラッド・ドラゴン）』の討伐、中断した方がいいんじゃないか？」

「いや、ここは続けよう」

「……大丈夫なのか？」

「これくらいの危機で動揺するほど、ウチの部隊はヤワじゃないさ。それに……」

ロランは改めてリリアンヌの方を見た。

「こっちには『雷撃の魔女』がいるしね」


リリアンヌは湖の中心辺りの上空をフワフワと漂っていた。

（本当に静か。『洪水を起こす竜（フラッド・ドラゴン）』はどこかしら）

リリアンヌが敵の姿を求めて空中を漂っていると、突然、水面に巨大な影が落ちた。

その影はみるみるうちに濃くなり、やがて水面が盛り上がって、鱗（うろこ）を煌（きら）めかせた水竜の頭が現れた。

水竜は顔面の2倍以上の大きさまで口を開けて、リリアンヌを飲み込もうとした。

鋭い牙の向こうには奈落の底のような暗闇が見える。

リリアンヌは急いで高度を上げ、回避行動をとった。

間一髪のところで飲み込まれずに済む。

（これが『洪水を起こす竜（フラッド・ドラゴン）』。予想以上に大きい）

『洪水を起こす竜（フラッド・ドラゴン）』はリリアンヌを食い損ねたことを確認すると、首を巡らせて鼻先に特大の魔法陣を光らせる。

まるで滝のような水鉄砲がリリアンヌに向かって撃ち出された。

リリアンヌは高度を下げて、どうにかかわす。

水鉄砲は湖の縁にそびえる崖の斜面に直撃して、そこに生えていた木々を10本ほどなぎ倒した。

（もの凄い威力。あれが直撃すれば、私の耐久力（タフネス）ではひとたまりもありませんね）

水鉄砲もかわされた『洪水を起こす竜（フラッド・ドラゴン）』は、さらに魔法を発動させた。

無数の魔法陣を湖面に広く展開し、そこから水柱を立たせる。

水面から迫（せ）り上がってくる複数の水柱をリリアンヌは蛇行して飛びながらかわす。

（この水柱は囮（おとり）。本筋は……）

リリアンヌは突然水中から出てきた『洪水を起こす竜（フラッド・ドラゴン）』の尻尾による叩き付け攻撃にも動じることなくかわす。

（かわした。けれども、これも囮！）

リリアンヌは高度を急激に上げて、死角からきた『洪水を起こす竜（フラッド・ドラゴン）』の噛（か）みつき攻撃をかわす。

（もらった！）

連続攻撃を全て見切ったリリアンヌは、『洪水を起こす竜』の頭上に回り込み、『雷撃』を喰らわせる。

（よし。手応えアリ！）

『洪水を起こす竜』は全身を走る電流に身を捩らせたかと思うと、リリアンヌの方を憎悪を交えてギロリとにらむ。

リリアンヌは臆することなく向き合う。

（さあ、どうします？　連続攻撃は見切りました。水中に潜れば、『赤い鮎』を叩き込んじゃいますよ？）

『洪水を起こす竜』は、しばらくリリアンヌと睨み合っていたかと思うと、雄叫びを上げた。

「？」

リリアンヌが訝しがっていると、湖の縁の向こう側から、羽の音が聞こえる。

（まさか！）

空の向こうから『火竜』の一団がこちらに近づいてきていた。

リリアンヌが『洪水を起こす竜』と戦っている頃、陸でも戦いが始まっていた。

湖の水位は上がり、水中からは両生類型のモンスターが、続々這(は)い上がってきてロラン達に襲いかかってきた。

ロラン達はあらかじめ高所に陣地を構えて、防御を固め迎撃する準備を整えていたが、上がってくる湖面の水位だけはどうにも防ぎようがなかった。

「おい、どんどん水位が上がっていくぞ」

「どうするんだよ。ここもじき水没するんじゃないか?」

「みんな、落ち着け。水位がここまで届くのにまだ時間がかかる。リリアンヌを信じてこの場所を守り切るんだ」

ロランがそう言うと、狼狽(うろた)えていた冒険者達は落ち着きを取り戻した。

(とはいえ……)

ロランはリリアンヌの方を見る。

彼女は水面からの水柱と、上空からの『火の息(ブレス)』をかわすので精一杯だった。

(リリィといえども、上下左右から攻撃を受けていては防戦一方になるしかないか。どうにか援護する必要があるな)

リリアンヌは四方八方から飛んで来る攻撃に難儀していた。

(『洪水を起こす竜(フラッド・ドラゴン)』か『火竜(ファフニール)』、どちらかを先に倒す必要があるのですが……。こうも攻

撃がひっきりなしにくると、どうしようもありませんね）

リリアンヌは背後に風圧を感じた。

見ると、『火竜(ファフニール)』が口を開けて、『火の息(ブレス)』を吐こうとしているところだった。

（しまっ……）

リリアンヌの身を火炎が纏(まと)うかに思われたその時、『火竜(ファフニール)』に火矢が直撃する。

（これは……ハンス!?）

ハンスの『魔法射撃』は、通常の『弓射撃』よりも射程が長く、はるか遠くにいる『火竜(ファフニール)』にも当てることができた。

仲間を倒されて怒り狂った『火竜(ファフニール)』達は、ロラン達の方へと向かう。

しかし、ロランの方も準備は万端だった。

「ウィル。いまだ！」

「オーケー。『爆風魔法』！」

逆巻く竜巻によって、陸に迫り上がってきていた水は、一時上空に巻き上げられる。

陸面積を増やして、移動可能な範囲を広げたロラン達は、弓使い(アーチャー)を左右に展開して『火竜(ファフニール)』を迎え撃つ準備をする。

俊敏(アジリティ)を活(い)かせるようになった弓使い(アーチャー)達は、『火竜(ファフニール)』を1匹ずつ討ち取っていった。

（さぁ。陣地と退路は確保しておいたよリリィ。充電する必要があるなら、戻っておい

で）

リリアンヌは言葉を交わさなくとも、ロランの意図を理解した。

（流石(さすが)ですね、ロランさん。適切な援護、完璧な布陣。私よりも私のスキルについて理解している）

やはり自分を育てたのは彼なのだ。

リリアンヌは改めてそう思った。

（ありがとうございます、ロランさん。でも大丈夫）

リリアンヌは水中に潜む『洪水を起こす竜(フラッド・ドラゴン)』の影を鋭く見据える。

（これだけ援護を受けておきながら、ノコノコ手ぶらで帰るわけにはいきません。次の一撃で決める！　それがAクラス冒険者として、私が果たさなければならない役割です）

リリアンヌは、水中を蠢(うごめ)く影に向かって『赤い銛(もり)』を放ち、徐々に敵の体力(スタミナ)を削っていく。

やがて、苦し紛れに噛み付いてきた『洪水を起こす竜(フラッド・ドラゴン)』を軽やかにかわして、『雷撃』を撃ち込む。

『洪水を起こす竜(フラッド・ドラゴン)』は全ての体力(スタミナ)を削られて、あえなく湖面にその身を横たえた。

リゼッタの提言

『洪水を起こす竜(フラッド・ドラゴン)』が倒れたことにより、その僕(しもべ)である両生類型モンスター達は湖の中へと引き揚げていった。

ロランは戦闘を終えたリリアンヌを迎えるべく、湖の岸辺まで足を運ぶと足元に水色の大きな珠(たま)が流れてきた。

(これは……『洪水を起こす竜(フラッド・ドラゴン)』の竜核か)

「ロランさーん」

「うわっ。リリィ!?」

ロランが竜核を拾って検分していると、上空からリリアンヌがダイブしてきた。

ロランは慌てて彼女を抱きとめる。

「んふふ。どうですか? 『洪水を起こす竜(フラッド・ドラゴン)』を倒しちゃいましたよ」

リリアンヌはロランに頬(ほお)ずりしてくる。

「ああ。流石だね。『浮遊』の機動力も『雷撃』の威力も凄(すご)かった」

ロランが彼女の柔らかい髪をかき撫(な)でると、彼女は気持ち良さげに目をつむった。

エリオ、ハンス、ウィルは遠巻きにその様を見ていた。

「ハハ。凄いや。本当に1人で『洪水を起こす竜（フラッド・ドラゴン）』を倒してしまった」

エリオは感心しながら言った。

「あれが雷撃の魔女か。いや、何というか聞きしに勝る……」

ハンスも半ば呆（あき）れたように言った。

「でも、彼女のおかげで少しだけ分かったよ」

ウィルが言った。

「自分に何が足りないのか。そしてAクラスになるというのがどういうことか……」

3人は各々Aクラスへの想（おも）いを胸に、自分に必要なものを見つめ直すのであった。

「ロラン。勝利の余韻に浸ってる場合じゃないぜ」

ジェフがロランの方に駆けつけながら言った。

「『竜の熾火（おきび）』の奴（やつ）らがすぐそこまで来てる。早く対処しねーと」

「おっと、そうだった。みんな集まってくれ」

ロランは部隊の状態を確認して、回復を済ませるとすぐに移動を開始した。

ロランは部隊を移動させながら、弓使い（アーチャー）と盗賊（シーフ）を放って偵察を行った。

そうして敵の動向を調べていくうちに、『竜の熾火』同盟には交戦する意思がないことが分かってきた。

どうも彼らは採掘場に向かっているようだった。

（この大所帯で採掘場に向かっている。となれば、狙いは鉱石を採取して枯渇させることか。なるほど。自分達（たち）で『湖への道（レイク・ルート）』の鉱石を採り尽くせば、『精霊の工廠（せいれいのこうしょう）』への供給源を断つことができるというわけか。作戦を変えてきたな）

敵の狙いが分かったので、ロランは採掘場に先回りすることにした。

大所帯の敵と違い、少数精鋭の『精霊の工廠（せいれいのこうしょう）』は瞬く間に敵を抜き去り、採掘場へと続く細道、その付近の高所を占拠した。

「戦いを挑まないんですか？　冒険者同士の戦闘は認められているんでしょう？」

リリアンヌが聞いてきた。

「うん。起伏の多いこのダンジョンでは、高所を取ることが大事なんだ。それに……」

「皆さん、戦いには前向きになってくれない……といったところですか？」

「そう。この島の冒険者は直接戦闘して消耗するのを避けたがる傾向がある。だから、俊敏（アジリティ）で優位な場所を取って、防御を固めた方がいいんだ」

「なるほど」

「また、攻撃は君に頼ることになるが、それでいいかい？」

行く手を塞ぐ敵を前にして、戦うべきか退(ひ)くべきか議論を盛んにするが、どれだけ意見を闘わせても結論は出ない。

そうして彼らがいたずらに時間を浪費しているうちに、リリアンヌは『浮遊』で彼らの上空まで飛んで行くと『雷撃』を放った。

『竜の熾火』同盟は、一撃雷を受けただけで、一目散に逃げ帰ってしまう。

リリアンヌはあまりの手応えのなさに拍子抜けした。

（おやまぁ。いくら形勢不利とはいえ、こんなに簡単に逃げちゃって。なるほど。これはロランさんでも育てるのに苦労しそうですね）

その後、ロラン達は採掘場で鉱石を採れるだけ採って、街へと帰還した。

『洪水を起こす竜(フラッド・ドラゴン)』討伐成功の報に、街の人々は沸き立った。

『精霊の工廠(せいれいのこうしょう)』に寄せられる信望はいよいよ高まるばかりであった。

一方、敗北の報がもたらされた『竜の熾火』は再び閉塞感に包まれる。

会議室でメデスは怒鳴り散らしていた。

「一体どうなっとるんだ!? 鉱石採取に専念すれば、『精霊の工廠』にも勝てるんじゃなかったのか？ それが『精霊の工廠』を干上がらせるどころか、鉱石を1つも持ち帰れなかっただと？ こんなバカな話があるか？ エドガー！ 今回のプロジェクトの責任者はお前だろ。説明せんか！」

「あれぇ？ おかしいなぁ。冒険者の奴ら、一体何やってんだか。あれほど戦うなって言っておいたのに」

「冒険者のせいにしとる場合か！ 分かっとるのか？ これは我がギルド全体の危機なんだぞ！ 考えてもみろ。鉱石を1つも持ち帰れなかったということは、それはつまり『精霊の工廠』はいつでもこちらの鉱石供給をシャットアウトできる。そういうことだぞ？ 鉱石の調達を『精霊の工廠』に依存せざるを得ない、そんな状況になるやもしれんということだ。そうなれば……、お前ら分かってるんだろうな？ 他のギルドに優位を握られている状態で今の高給が維持できると思うなよ。仕事を失ってクビになるってことだぞ？」

こうしてメデスは発破をかけるが、職員達はうなだれますます顔を曇らせるばかりであった。

（やっぱりダメだったか）

ラウルは悪い予感が当たってうなだれた。

（ロランはこんな小手先の手が通用するような相手じゃなかったんだ。こんな時こそ、エースの俺がギルドを引っ張らなきゃいけないのに。何も思い浮かばねぇ。一体どうすれば……）

「おい、この責任どう取るつもりだよお前ら。誰かなんとかできる者はおらんのか？」

メデスは口角泡飛ばして捲し立てるが、それに返事できる者はいなかった。

誰もがうなだれて、答えの出ない問題に口をつぐんでいる。

「現実から目を逸らしていても仕方がないでしょう？」

突然、リゼッタが言った。

その場にいる者は全員リゼッタに注目する。

「『精霊の工廠』がここまで躍進した原動力。それは他ならぬS級鑑定士の力があってこそ。違いますか？　これを見てください」

リゼッタは『精霊の工廠』のパンフレットを取り出して、全員に見えるようにかざした。

「これは？」

「S級鑑定士による育成プログラム？」

「『精霊の工廠』は単なる錬金術ギルドではありません。このように冒険者の育成も手掛けているのです。これが『精霊の工廠』がここまで急速に成長した秘訣です。『精霊の工廠』に対抗するために、私は鑑定士による冒険者育成チームを新たに発足することを提案します！」

青いペンダント

メデスは正式にリゼッタを『精霊の工廠』対策のリーダーに任命した。

鑑定士チーム結成の認可と予算を受け取ったリゼッタは、ギルドに所属している鑑定士達を集めて会議を開いた。

（ようやくきたわ。名誉挽回のチャンスが。このプロジェクトを成功させれば、カルテットの頂点に君臨するのも夢じゃない。ロランには感謝しなければいけないわね。こうしてラウルをも越える機会を与えてくださったのだから）

リゼッタは思い出す。

『精霊の工廠』でのロランとのやり取り。

そして自身の発言を。

——もし、あなた方が一度でも私の作る装備を上回るものを作ることができたら、私あなたのギルドに移籍して構いませんよ——

（もうすでに1回負けちゃったけど……、あれはノーカンよ、ノーカン。だって鑑定士が

冒険者を育てるなんてずるいじゃない。今度は対等な条件の下、正々堂々と勝負よ）

幸いギルド内にはAクラスの鑑定士が3名いて、彼らとしてもギルド内での扱いの低さに不満を持っており、リゼッタのプロジェクトに乗り気だった。

リゼッタは会議にて、冒険者の育成に重点を置くことを確認し、早速、彼女の顧客である『翼竜の灯火』にこのプロジェクトを持ち掛けた。

『翼竜の灯火』のリーダー、アイク・ベルフォードは彼女からの提案に二つ返事で応じた。

「まさかこんなにも早く『精霊の工廠』にリベンジする機会をもらえるとは。願ってもないことです。喜んであなたの計画に協力させていただきますよ」

鑑定士達がアイクを鑑定した結果、すぐに伸び代が見つかった。


【アイク・ベルフォードのスキル】

『槍術』：B→A

「ふむ。見つかりましたよリゼッタ。彼のスキル『槍術』はAクラスのポテンシャルを秘めています」

こうしてとりあえず、アイクをAクラス槍使いに、『翼竜の灯火』のメンバーを全員Bクラス冒険者にすることを目標とする、ということで話がまとまった。

その夜、リリアンヌはロランの部屋で過ごしていた。

肌を重ねて、久しぶりにロランの腕の中ではしゃぐことができて、愛の言葉をかけてもらえて、とても幸せだった。

「リリィ。よく頑張ったね」

リリアンヌはウットリとして、しばらく彼に身を委ねる。

しかし、突然、彼女は切なげに眉を寄せたかと思うと、さめざめと泣き始めた。

「どうしたの、リリィ?」

「なんでもありません」

しかし、リリアンヌは泣き止まなかった。

「せっかくこうして2人でいるのにそんなに悲しそうにするなんて。教えてくれないと分からないよ」

「だって、もうすぐ私は『冒険者の街』に帰らなければいけません。そうなれば、またしばらく会えなくなるでしょう?」

「……」

「今はこうして幸せです。でも、幸せであればあるほど別れる時の寂しさも一入です」

リリアンヌは涙を拭った。

「ごめんなさい。つい感傷的になってしまいました。あなたが『火竜の島（ファフニール）』にいることを責めているのではありません。お仕事しっかり頑張ってくださいね」

「リリィ。渡したいものがあるんだ」

ロランは側（そば）の棚から小箱を取り出して、リリアンヌに渡した。

「なんですかこれ？」

「開けてみて」

リリアンヌが箱を開けると、綺麗（きれい）な青色の宝石が嵌（は）め込まれたペンダントが現れた。

「わぁ。綺麗」

ペンダントの宝石はサファイアのようだが、それにしては輝きが深く眩（まばゆ）かった。

「『巨大な火竜（グラン・ファフニール）』の『火の息（ブレス）』によって生成された特殊なサファイアだよ。別名『竜の涙』。多種多様な鉱石が豊富に採れるこの島でも、滅多に採れないモノらしい。ウチの錬金術師に頼んで、ペンダントにしてもらったんだ。僕がいない間は、このペンダントを僕の代わりだと思って」

「はい……。ありがとうございます」

リリアンヌはペンダントを愛（いと）しげに指で撫（な）でた。

ペンダントは月の光を反射して、落ち着いた淡い輝きを放つのであった。

翌朝、リリアンヌは島を発つにあたって、お世話になった『精霊の工廠』支部の錬金術師達に挨拶して回った。

アイナの下にも挨拶に行く。

「アイナさん、『洪水を起こす竜』討伐の際にはお世話になりました。突然のクエストにもかかわらず、対応してくださって……。本当にありがとうございます」

「いえいえ、そんな。装備を準備するのが私達の仕事ですから」

「ささやかながら、休憩室の方に『竜茶』とお菓子の差し入れを置いておきました。どうぞ皆さんでお召し上がりになってくださいね」

「これはどうも、ご丁寧に……」

アイナはリリアンヌの首にぶら下がっているペンダントに目をとめた。

「あ、そのペンダント……」

「ああ。これですか。実は昨夜、ロランさんからいただきまして……」

「そうだったんですか。そのペンダント私が作ったんですよ」

「あら、そうだったんですか。道理で素晴らしいペンダントだと思っていました。さすがはAクラス錬金術師さんですね。この島で1番の錬金術師さんに作ってもらえたとなれば、『冒険者の街』でも自慢できますわ」

「いえいえ。そんな。『冒険者の街』へはいつ出発されるんですか?」

「本日、午後の便の船に乗る予定です」

「そうですか。でも、そうなると寂しいですね。ロランさんと離れ離れになってしまって」

「そうなんです」

　リリアンヌはしょんぼりする。

「ロランさんのこの島での仕事は当分終わりそうにありませんし、私も私で『冒険者の街』に帰れば業務に忙殺されることになります。しばらく会えないことを思うと憂鬱です。ロランさんの心が私から離れてしまわないか……」

「大丈夫ですよ。リリアンヌさんほど、素晴らしい女性は滅多にいません。ロランさんもあなたを差し置いて浮気する勇気なんてありませんよ」

「ありがとうございます。あなたにそう言っていただけると安心ですわ」

「リリアンヌさんは安心して『冒険者の街』で待っていてください。ロランさんに悪い虫が付かないよう私達が見張っていますから」

「ありがとう。ロランさんのこと、支えてあげてくださいね」

「ええ。必ず」

　アイナはリリアンヌが工房（アトリエ）を後にするのを見送った。

カルラは自分の所属するギルドの休憩所でボーッとしていた。

『精霊の工廠』同盟に参加して以来、ギルドの彼女に対する評価は１８０度変わった。

以前は何かにつけ問題行動を起こす彼女に仲間達は辟易していたが、帰ってきた彼女がBクラスの剣士になっているのを見てすっかり態度を変えてしまった。

今となっては、クエストに関して様々なことを頼まれる立場だ。

そうして仲間から頼られる日々を送っている彼女だったが、心の中にはポッカリと穴が開いて、いつも何かが足りなかった。

いや、彼女自身何が足りないのかはよく分かっている。

彼女の所属するギルドのクエストはあまりにも物足りなかった。

こうして自分のギルドでのクエストを細々とやっていると嫌でも思い知る。

ロランの指揮がいかに高度なものであったか、その要求がいかに厳しいものであったか。

そして、いかに充実したものだったか。

仲間の彼女を見る目がすっかり変わってしまったように、彼女の世界を見る目もすっかり変わってしまった。

彼女は暇さえあれば、ロラン達と一緒に戦った日々を思い出した。

今も目をつぶればありありと思い浮かぶ。

強力なモンスターに囲まれて、ヒリつく空気。殺気立つ部隊。

そんな中で一瞬でも判断が遅れれば、仲間達に遅れを取ってしまう。

カルラは敵の構成と味方の配置を見て、瞬時にどのように動くか決める。

レオンが指示を飛ばしている。

ジェフが素早く走り込んでいる。

エリオがその図体(ずうたい)のデカさに似合わない鋭い動きをしている。

セシルは絶妙な位置で回復魔法と飛び道具を器用に使い分けている。

そしてロランが見ている。

そんなおっかない現場で、極度のプレッシャーに苛(さいな)まれながら、不思議とカルラに恐怖心はない。

盾持ちの後ろについて、『影打ち』を放つチャンスを窺(うかが)いながら、時と場合によっては仲間を飛び越えて、『回天剣舞』を浴びせる。

まさか自分にこのような高度な戦い方ができるとは。

しかも、彼女にはまだまだ成長できる余地があるように思えた。

ロランは彼女に新しい扉を開いたのだ。

その扉の先に見えるあまりにも広大な可能性に比べれば、彼女の今目の前にある見慣れた日常はいささかくすみがかっているように見えた。

「みんな大変だ」

ギルドの若い者が休憩所に駆け込んできた。

「どうした？」

「『精霊(せいれい)の工廠(こうしょう)』同盟が『洪水を起こす竜(フラッド・ドラゴン)』を討伐したそうだ」

「何!?　『洪水を起こす竜(フラッド・ドラゴン)』を？」

「これはたまげたな」

「外部ギルドも長年放置してきた『洪水を起こす竜(フラッド・ドラゴン)』を倒すとは……」

「『精霊(せいれい)の工廠(こうしょう)』の威信はますます高まるだろうな」

「どうする？　我々も『精霊(せいれい)の工廠(こうしょう)』と契約を結んだ方が良いのでは？」

「うーむ」

カルラは起き上がって、休憩所を飛び出した。

「カルラ？」

「おい、どこに行くんだ」

カルラはその声には応じず、通りに出る。

（どこに行くかだって？　そんなの決まってる）

カルラは一路『精霊(せいれい)の工廠(こうしょう)』を目指し、通りを走り抜けていった。

時代の流れ

ロランが『精霊の工廠』で作業していると、エリオ、ハンス、ウィルの3人が訪れてきた。

折り入って話したいことがあるとのことだ。

「エリオ、ハンス、ウィルも。どうしたんだい？　珍しいね。君達3人で行動するなんて」

「ロラン。僕達はAクラス冒険者を目指す覚悟を決めたよ」

「Aクラスを？」

「ああ。リリアンヌの戦い方を見て、今のままではいけないと思ったんだ」

「Aクラスになるにはどうすればいいのか。君の手解きを受けたい。手助けしてくれないか？」

「分かった。打ち合わせしよう」

ロランは3人と打ち合わせしようとしたが、あいにく食堂は満員だった。

仕方なく、4人は酒場に行こうとしたが、ロランは工房の前にカルラがいることに気づいた。

どうやら彼女もロランを訪ねて来たようだ。

「ロラン？」

「どうしたんだ？」

「みんな、少し待っていてくれ」

ロランはカルラを伴って、2人になれる場所に移った。

エリオ達には先に酒場に行って、待っておいてもらう。

「久しぶりだね。カルラ。前回の同盟では助かったよ。君のおかげで危機を脱することができた」

「こちらこそ……、勉強になった」

「あれからどうしていたんだい？　しばらく音沙汰がなかったけれど……」

カルラはそれには答えず、一度視線を外す。

「『洪水を起こす竜（フラッド・ドラゴン）』を倒したそうだな」

「うん。Aクラスモンスターのクエストに参加したいって言う人がいてね。エリオ達にとってもいい勉強になると思ったから」

ロランがそう言うと、カルラはまた黙り込んだ。

何か言い出そうとして、口をつぐむ。

彼女はしばらくの間、それを繰り返した。

壁に掛けられた時計がコチコチと時間を刻んでいく。

ロランは彼女が話し始めるまで辛抱強く待ったが、やはり彼女は何も話してくれなかった。

仕方なく、別の話題を振ってみる。

「ダンジョンに潜っている時、君は何度か僕に危害を加えようとしたね」

「気づいていたのか」

「こう見えてそれなりに修羅場は潜ってきたんだ。君の殺気の隠し方は……お世辞にも上手いとは言えないかな」

「む」

「あの殺気は僕個人に向けられたものじゃない。パトやエリオから聞いたよ。君はユガンやセインのことも殺そうとしていたそうだね」

「……」

「なぜ、島の外から来た冒険者を殺そうとするんだい？」

「私は『竜葬の一族』、その末裔だ」

「『竜葬の一族』？」

「先祖代々、『巨大な火竜』を葬る儀式を行ってきた一族だ」

「そうか。そんな儀式があったのか。それは……知らなかった」

「まあ、知らないのも無理ないさ。なにせ役目を取り上げられて久しいからな。今では島の人間でも一部の者しか知らない一族さ」

カルラが自嘲気味に言った。

「昔は『巨大な火竜(グラン・ファフニール)』もあそこまで大きくなかったし、強力でもなかった。島の人間だけで十分に対処できたんだ。だが、ある時から『巨大な火竜(グラン・ファフニール)』は急に力を増していった。原因は分からない。島の人間だけでは対処しきれなくなって、とうとう島の外の人間に協力を依頼することになったんだ。そこからこの島はおかしくなった。レアメタルを求めて、外から冒険者ギルドがわんさか来るようになって、島の冒険者はどんどん弱体化していった。今では、外の奴(やつ)らに挑戦するのは盗賊(シーフ)ギルドくらい。私は今でも思うんだ。あの時、なんとか外の人間に頼らず、自分達(たち)の力で踏みとどまってさえいれば……」

カルラは悔しそうに机の上に置いた拳を握り締めた。

(なるほど。そんな事情があったのか。島の外から来る強力な冒険者と、『巨大な火竜(グラン・ファフニール)』の膨張に対して、彼女はたった一人で抗(あらが)い続けていたんだ。忘れられた一族の誇りを背負いながら……。でも……)

「だから、島の外から来た冒険者は誰だろうと殺す。だが……」

カルラは急に弱々しい調子になり始めた。

「お前は今までの奴らとは違う。島の冒険者を育てて、私のスキルを上げて、

『洪水を起こす竜（フラッド・ドラゴン）』を倒した。お前が自分の都合だけじゃなく、島のことも考えて行動してるのは私にも分かる」

「今回、訪ねて来たのは、そのことに関係してるのかい？」

カルラは迷いを振り切るように一度目をつぶった後、意を決して本題を切り出した。

「なぁ。もし、あんたが島の味方だって言うなら、あんたの力でどうにか外から来る冒険者を締め出すことはできないかなぁ」

「それはできない」

「そんな、どうして……」

「カルラ、どれだけ君が望もうとも、時代の流れを止めることはできない」

「時代の……流れ？」

「そうだ。この島の経済は、外部冒険者が訪れることを前提に成り立っている。外から冒険者ギルドがやって来るのを阻むことはできない。発展したいと願う人々の気持ちを抑えることはできないんだ。今までも、これからも。人の歩みを止めることはできない。君が強くなったのを、そしてこれからも強くなっていくことを誰にも止められないように」

カルラは苦悩に顔を歪（ゆが）めた。

強くなりたいという望みと、変化を拒みたい気持ちの狭間（はざま）で激しく葛藤する。

ロランは彼女の心の整理がつくまで、また辛抱強く待った。

「何か……方法はないのか？」

ようやくカルラは絞り出すようにして言った。

「時の針を元に戻すことはできない。だが、形を変えて残すことはできる」

「……残す？」

「そう。どれだけ時代の奔流に晒され、形を変えようとも、決して消えずにそこに残り続けるものもあるんだ。君が強くなっても、根っこの部分は変わらないようにね」

ロランがそう言うと、カルラはポロポロと泣き始めた。

「『竜葬の一族』について、もう少し聞かせてくれないか。君の怒りと悲しみ、その根源についてもっと知りたいんだ。島の外から冒険者が来るのは止められないけれど、君のために僕にも何か手助けできることがあるかもしれない」

その後、ロランはカルラの話をじっくりと聞いて話し合った。

カルラは迷いながらも、ロランの下でAクラス冒険者を目指すことに決めた。

疑惑の種

ロランが島初めてのAクラス冒険者を輩出しようとしている頃、『竜の熾火（おきび）』でもリゼッタが新規事業を進めていた。

リゼッタが『精霊の工廠（せいれいのこうしょう）』対策のリーダーに任命され、動き始めるやいなや、エドガーは高圧的に擦り寄ってきた。

「新規事業なんてお前1人じゃどうせ無理だろ？　お前がどうしてもって言うなら、まあ、俺も手伝ってやらないことはないぜ？」

リゼッタはにっこりと微笑（ほほえ）んでやんわりと断った。

「ありがとう。けれども、人手に関しては十分間に合ってるの。あなたは自分の仕事に専念してね」

リゼッタは新規事業の参加者とその役割、責任者を明記した書類を作成して、メデスにサインさせた。

会議室の見えやすいところにそれを貼り付けておく。

そこにはリゼッタ陣営の者の名前しかなく、エドガーと彼の部下達の名前はなかった。

（これでとりあえずはエドガーの横槍（よこやり）を防ぐことができるわ。あとは事業を進めるだけ

ね）

「さて、アイクをＡクラスの槍使い（ランサー）に育てるのはいいとして、どういう風に育てるのが正しいの？」

リゼッタがその場に居並ぶ鑑定士に対して聞いた。

「とにかくスキルを伸ばすことです」

スキル鑑定Ａの鑑定士が言った。

「Ａクラスモンスターは、Ａクラスのスキルがなければ倒せません。Ａクラススキルを身に付けることを最優先の目標に定めるべきです」

「いや、ちょっと待ってください」

ステータス鑑定Ａの鑑定士が言った。

「まずはステータスを鍛えるべきです。ベルフォード氏は腕力（パワー）、俊敏（アジリティ）いずれも伸び代があります。まずはステータスを鍛えてからスキル向上に取り組むべきでしょう」

「いや、待ってください」

アイテム鑑定Ａの鑑定士が言った。

「ベルフォード氏と『火槍（ジャベリン）』の適応率は十分とはいえません。まずは装備と装備者の適応率を高めることを考えるべきでしょう」

3人の鑑定士はあれこれ意見を闘わせたが、結論は出ない。

「分かったわ。それじゃあ、質問を変えましょう。アイクをAクラスにするにはどんな装備を作ればいいの？」

リゼッタがそう言うと、3人の鑑定士達は黙り込んでしまった。

彼らはあくまで錬金術師や冒険者、装備、アイテムの鑑定をするだけで、装備の製造やダンジョン探索補助を含む総合的なサポートは手掛けた経験がなかった。

リゼッタは歯痒そうにする。

（やっぱり新規事業だとどうしても手探りになってしまうわね。正しい方向性が全く分からないわ。でも、これを乗り越えないとロランは倒せない）

その後も会議では特に良い案が出ることはなかった。

仕方がないので、とりあえずはアイクにAクラスモンスター討伐クエストにチャレンジしてもらい、そこで足りないものを補足していくということで意見を一致させた。

リゼッタのプロジェクトに一枚嚙めないと分かったエドガーは、メデスを扇動することにした。

日常業務のついでに新規事業のことを持ち出す。

「ギルド長、例のリゼッタの新規事業、本気で進める気ですか？」

「代案がない以上仕方あるまい。リゼッタがやりたいと言うんだからやらせるしかないだろう」

「実は彼女についてよからぬ噂を小耳に挟んでいましてね」

「なに？　どんな噂だ」

「リゼッタがロランと夜な夜な密会している、とのことです」

「なんだと？　それは本当か？」

「真偽は分かりません。私も人づてに聞いただけですので。ただ、妙に思いませんでしたか？　なぜ『今』鑑定士による育成計画を立ち上げるのか。わざわざ相手の土俵で勝負するなど、『精霊の工廠』に利するだけとしか思えないんですよね」

「ふ……む」

「リゼッタとロランが何を企んでいるのか分かりませんが、このように不審な行動を繰り返す彼女を野放しにしておいて、本当によいものでしょうか？」

「エドガー、そこまで言うからには何か良い案があるんだろうな？」

「なんらかの方法で彼女に首輪をつけ、厳しく監視の目を光らせておくべきかと」

「……」

その場ではメデスは意見を保留して、エドガーを下がらせた。

しかし、エドガーは十分な成果だと考えた。

（これで疑惑の種は植え付けたぜ。あとはすくすく育つのを待つだけだ。思う存分膨らませるがいいさ。風船みたいにパチンと割れるまでな）


リゼッタはAクラスモンスターの討伐をアイクに打診した。

しかし、ここに来て問題が発生する。

リゼッタの計画を聞いたアイクは慌てて説明にやってくる。

「継戦能力？」

リゼッタは聞き慣れない言葉に眉をひそめる。

「不毛地帯まで行くというのなら、装備をAクラスにするだけでは足りませんよ。それまでの道のりの間で起こる装備と部隊の劣化を防ぐ工夫もしなければ」

（なによそれ。そんなのどうすればいいの）

仕方なくリゼッタは以前『精霊の工廠』同盟に参加していた冒険者を探し、ロランがどのようにしているのか聞くことにした。

その冒険者によると、『精霊の工廠』では『アースクラフト』を用いることで装備の強度を保ちつつ鍛錬もこなしているということだった。

その情報を聞きつけたリゼッタは、ギルド長室に向かった。

「ギルド長、よろしいでしょうか？」

「ん？　リゼッタか。どうした？」

「新規事業の件ですが、少々問題が起こりまして……」

リゼッタは『アースクラフト』が必要なことを伝えた。

「ふむ。そういうものなのか」

メデスはいまいち釈然としない顔をした。

「ええ。そういうものなんです。それで、つきましては『アースクラフト』の調達と精錬のために追加の予算をいただきたいのですが……」

メデスの眉が不快げにピクッと動く。

予算分捕り

「追加の予算？　新規事業には既に十分な予算を手配したはずだが？」

メデスは訝しげに言った。

「ええ。ですから先ほど説明した通り、追加の予算が必要になったのです。『アースクラフト』が必要になるとは想定していませんでしたから」

「『アースクラフト』……ねえ」

メデスは椅子に深く腰掛けて、机に乗り出しているリゼッタから少し距離を取り、胡乱な目でリゼッタのことを見る。

それだけでリゼッタは、メデスがこの新規事業に対して心が離れているのを感じた。

「リゼッタ、お前の言うことも分からんではないがな。ダンジョン内でのことは冒険者の領分だ。冒険者のことは冒険者に任せて、やはり我々錬金術ギルドとしては……」

「ギルド長!!」

リゼッタは机をバンと叩くと、にっこりと圧のある笑みを浮かべた。

「ギルド長は仰いましたよね？　何でもいいから、『精霊の工廠』を倒す方法を提示しろと。そして私の提示した新規事業に賛同なさってくださいました。そうですよね？」

「それは……そうだが……」

「私の見積もりが甘かったのは認めます。しかし、この事業はまだ新しく始まったばかり。芽が出るまで不測の事態は付き物です。何よりロランは3つのダンジョンを制覇し、1つの街の冒険者ギルドを束ね、数多くのAクラス、Sクラス冒険者を育ててきた傑物です。彼を相手に戦うのは当然、一筋縄ではいきません。遠く長い道のりです。暗礁に乗り上げることもあるでしょう。しかし、そのような時こそ、ギルド長としてしっかり現場をサポートしていただかないと」

「……」

「もう一度確認しますが、ギルド長は『精霊（せいれい）の工廠（こうしょう）』に勝ちたいんですよね？」

「それは……もちろんそうだが……」

「では、この申請した予算通していただけますね？」

「しかしだな。新しい予算を通すにも、他の部署の予算を削らねばならん。今すぐというわけには……」

「では、いつ頃工面していただけますか？」

メデスはなおも渋ったが、それ以上リゼッタを退けられず、仕方なく新しい予算を承認した。

ただし、承認するのは3日後と条件をつけた。

リゼッタが退室すると、メデスはエドガーを呼び出した。

「お呼びでしょうか」

「これを見ろ」

「これは新規の予算？　一体どうして？」

「先ほどリゼッタが申請してきた。あいつめ、いよいよ不審な行動が目立つようになってきたわい」

（上手く疑惑の種が育っているようだな）

エドガーは心の中でほくそ笑んだ。

「いよいよ、お前の危惧していることが現実のものとなってきた。リゼッタはロランがこのギルドを乗っ取るための下準備をしているのだ」

（なるほど。そう思いたいわけか）

エドガーはメデスが自分の発言を歪めて受け取っていることに気づいた。

とはいえ、リゼッタの嫌疑が大きくなるのは、エドガーにとってむしろ好都合なため、ここはメデスの妄想に乗っかることにした。

「ギルドの乗っ取り。まさか、リゼッタがそこまで大それたことをしていようとは。しかし、そうとなれば、いよいよリゼッタへの監視を厳しくする必要がありますね」

「うむ。だが、どうしたものか。リゼッタを止めようにも裏切っているという明確な証拠がない。この新規予算の申請についても、突っぱねる口実がないし……」

「俺にいい考えがあります。ここは任せていただけないでしょうか？」

3日後、リゼッタの要望通り新規の予算が下りることとなった。

ただし、予算の使用にはとある条件が付記されていた。

リゼッタはすぐ様メデスに苦情を言いにいった。

「ギルド長、これは一体どういうことですか!?」

リゼッタは予算の申請書をメデスの机に向かって叩きつけた。

「どうして予算を使用するのに、エドガーの許可が必要なんですか！」

「どうもこうもない。お前のプロジェクトのメンバーにエドガーを加入させる。それだけの話だ」

「私は予算を申請しただけで、人手が足りないと言った覚えはありませんが？」

「今回の新規事業、お前1人に任せるのは不安だという声がギルド内で出ていてな。ただでさえ、プロジェクトの立ち上げは大変なのに、追加の予算まで出ることになったんだ。お前1人では管理が追いつかんだろう？　そこでメンバーを追加したというわけだ」

（だからって、なんでエドガーに予算渡してんのよ。一番渡しちゃダメな相手でしょうが。

空気読みなさいよぉ）

リゼッタとエドガーの仲が悪いのは、ギルド内の誰もが知るところだった。

メデス以外は。

「ギルド長、私達は今のメンバーでちゃんとできます。やらせてください」

「これはもう決定したことだ。異論を挟むことは許さん。エドガーと協力してプロジェクトを進めろ」

こうしてリゼッタとエドガーの協力体制となった新規事業だったが、新体制はのっけから揉めることとなった。

エドガーが自分を新規事業の代表者にしろと主張したためだ。

「ふざけんじゃないわよ。これは私が始めたプロジェクトよ。なんで後から来たあんたをリーダーにしなきゃならないのよ」

リゼッタが先行者の権利を主張すれば、エドガーは新規予算の権利を握っていることを主張し、２人はなんと１日中言い争った。

結局、リゼッタをリーダー、エドガーを副リーダーとすることでどうにかその場はおさまった。

しかし、エドガーにとってはむしろ好都合だった。

（よし。プロジェクトに潜り込めたぜ。副リーダーというのもいいポジションだ。事業が上手くいきそうなら、乗っ取って手柄を横取り。上手くいかなそうなら責任を押し付け。どっちに転んでも俺が得するって寸法よ。この二段構えで新規事業を内部からぶっ壊してやるぜ）

リゼッタははらわたが煮えくりかえるような思いをしながらメンバー表をにらんだ。

（エドガー、見え透いた真似をして……。あなたの狙いは分かっているわ。絶対、私の邪魔はさせないんだから）

エドガーが暴れている頃、『精霊の工廠』も似たような問題に直面していた。

「『アースクラフト』が足りない？」

ロランはランジュに言われて、面食らったような顔をした。

「ええ。今の在庫でAクラスクエストに挑戦するのは厳しいかと」

「そっか。もう最後に調達してから随分経ってるもんな」

ロランは頭の中にダンジョンのマップを広げて、採掘場にまつわる情報を確認してみた。

『アースクラフト』の分布している地点は概ね把握しているが、今月はもう残り少なかった気がする。

ロランはディランからの報告も合わせて考える。

ディランによると、『竜の熾火』でもＡクラス冒険者を育成するプロジェクトが立ち上げられているとのことだった。

（『竜の熾火』がどれほど本気なのか分からないけれど、彼らが本気でＡクラス冒険者の育成に取り組むとしたら、『アースクラフト』が欲しいはず。急がなければ取り合いになってしまうな）

「よし。分かった。ランジュ、予定変更だ。『アースクラフト』調達を最優先で」

「了解っす」

同盟の動きに『白狼』はすぐ様反応した。

しかし、その動きはやや鈍かった。

（『アースクラフト』が狙いか）

ジャミルは舌打ちした。

『竜の熾火』は長らく冒険者のダンジョン探索支援を蔑ろにしていたため、『アースクラフト』の価値を過小評価していた。

たとえ、同盟から奪ったとしても買い取ってくれるかどうか定かではない。

『白狼』としても同盟との戦いでかなり消耗していたし、前回の探索では空振りを喰らわされ、費用がかさんでいた。

おまけに、西の大陸屈指のギルド『賢者の宝冠』の旗を掲げた船が、ここ『火竜の島』に向かっているという情報が、最近港に着いた快速船からもたらされていた。

『賢者の宝冠』がやって来る前に費用面でこれ以上消耗するのは避けたい。

ジャミルはとりあえず、『竜の熾火』に『アースクラフト』買い取りと費用面での支援を要請することにした。

『白狼』からの要請は、『アースクラフト』調達の責任者であるエドガーの下に届いた。

「あん？　『白狼』が『アースクラフト』を買い取ってもらいたがってる？　『精霊の工廠』から奪う予定の？」

エドガーはしばし思案する。

（リゼッタの仕事を邪魔したいし、ここは敵に塩を送ってやるとするか）

エドガーは『白狼』側に返事を出した。

「当ギルドにおいて『アースクラフト』を買い取ることはできない。よって、金銭的支援をすることもできない。悪しからず」

ジャミルは帰ってきた返事を聞いて、ワナワナと拳を震わせた。

（エドガー、あの野郎あとでブッ殺す）

あとになって、リゼッタはこのことを知り、エドガーに食ってかかるものの、エドガーはのらりくらりと言い訳をしてかわすのであった。

『精霊の工廠』同盟は滞りなく『アースクラフト』を集め、何事もなく下山する。

同盟がダンジョン探索を終えた頃、港にはギルド『賢者の宝冠』を乗せた船が到着した。

（外部ギルドが来たか。となれば、地元ギルドの育成など不要だな）

メデスはそう判断した。

リゼッタの新規事業は中断され、当てられていた予算は全て取り上げられる。

その予算はそのまま、『賢者の宝冠』の装備製造のために当てられる。

責任者にはエドガーが選ばれた。

リゼッタはギルド長室に呼び出されてそのことを伝えられた。

「リゼッタ、お前の新規事業だが、結局、何の成果も出せなかったばかりか、『アースクラフト』の調達一つでさえ、『精霊の工廠』に遅れを取った。この責任は重い。何らかのペナルティを与えないことには示しがつかん。分かるな？　そこで今回、『賢者の宝冠』の装備製造はエドガーに担当させる。お前はエドガーのために鉱石を調達するように。よもや異論はあるまいな？」

リゼッタは頭の中で何かがプチッと切れるのを感じた。

「ああ、そうですか。では、結構です。本日限りでこのギルドを辞めさせていただきます！」

「なんだと？　おい、待て。どこに行く気だ？」

リゼッタはそれには答えず、さっさとギルド長室を後にした。

工房（アトリエ）を後にするリゼッタの耳に、港の方から住民達の歓声が聞こえてきた。

ギルド『賢者の宝冠』を迎える声だ。

この日の住民達の歓声は普段よりも一際大きかった。

というのも、港に降り立ったのは『賢者の宝冠』だけではなかったからだ。

ユフィネ率いる『魔法樹の守人』第二部隊も『火竜の島（ファフニール）』へと訪れていた。

あとがき

『追放されたS級鑑定士は最強のギルドを創る』第5巻をお買い上げいただきありがとうございます。

『火竜の島（ファフニール）』編では2つの新しい試みに挑戦してみました。

1つは地の利のないアウェイの悪条件の中で育成に挑戦することです。

どんな人にとっても見知らぬ土地での仕事は困難を伴います。

仕事の仕方や文化、風習がいちいち違うため、それまで当たり前だと思っていたことが通用せず、新たな取り組み方を思い付く必要に迫られます。

また部外者の新参者であるという点から、理解を得られず、軋轢（あつれき）が生じやすく反発を受けることも多くなってしまいます。

遠く離れた土地であればあるほど、味方組織の援護は受けにくくなり、より早くより目に見える形で成果を出すことが求められます。

長い目で育成することに特化したロランにとっては尚更（なおさら）厳しい環境と言えるでしょう。

そんな中で必要なのは、やはり個々人の能力を素早く見抜き、部下を適材適所に配置し、役割を与えていく鑑定スキルだと思います。

作者なりにアウェイの地で鑑定能力を活（い）かした戦い方を描いたつもりですが、どうだったでしょうか？

もう1つの試みは扱いにくい部下を育てるということです。

『火竜の島』編ではウェインやカルラのような扱いにくい部下が多数登場します。

反抗心が強く、なかなかこちらの考えに理解を示してくれない部下は扱いづらく育成するにも忍耐が必要です。

『冒険者の街』では、伸び悩んでいるものの、基本的にロランの言うことを素直に聞く優等生や過去既に信頼関係を築いている人物ばかりが対象だったので、育成方針を固め、見守るだけで事足りましたが、相手が自分の言うことを聞かないとなると、まず説得して信頼関係を築くという段階を踏まなければなりません。

書いてみて感じたのは、やはり相手の考えを変えるというのは大変だということですね。

価値観の違う相手を説得するというのは難しく、なかなか相手が首を縦に振るイメージが湧かず苦労しました。

ですが、そのような扱いにくい部下を上手(うま)く育ててこそ真の育成者ではないかと思います。

そして、それもやはり個々人の眠れる才能をいかに引き出すかということが重要なのだと思います。

さて次巻では、いよいよ『火竜の島』編も大詰め、『竜の熾火(おきび)』、『白狼(はくろう)』、『巨大な火竜(グラン・ファフニール)』

それぞれと決着をつける予定です。
ロランの新たな冒険を最後まで見届けていただけますと幸いです。
では、また次巻でお会いしましょう。

瀬戸夏樹

追放されたS級鑑定士は最強のギルドを創る 5

発　　行　2021年7月25日　初版第一刷発行

著　　者　瀬戸夏樹
発 行 者　永田勝治
発 行 所　株式会社オーバーラップ
〒141-0031　東京都品川区西五反田 8-1-5
校正・DTP　株式会社鷗来堂
印刷・製本　大日本印刷株式会社

Printed in Japan ISBN 978-4-86554-957-7 C0193

作品のご感想、ファンレターをお待ちしています

あて先：〒141-0031　東京都品川区西五反田 8-1-5 五反田光和ビル4階　オーバーラップ文庫編集部
「瀬戸夏樹」先生係／「ふーろ」先生係

PC、スマホからWEBアンケートに答えてゲット!

★この書籍で使用しているイラストの『無料壁紙』
★さらに図書カード（1000円分）を毎月10名に抽選でプレゼント!

▶https://over-lap.co.jp/865549577
二次元バーコードまたはURLより本書へのアンケートにご協力ください。
オーバーラップ文庫公式HPのトップページからもアクセスいただけます。
※スマートフォンと PC からのアクセスにのみ対応しております。
※サイトへのアクセスや登録時に発生する通信費等はご負担ください。
※中学生以下の方は保護者の方の了承を得てから回答してください。

オーバーラップ文庫公式 HP ▶ https://over-lap.co.jp/lnv/

絶望と最強の兆しを手に
少年は超大作エロゲの
世界を生きる――!!